HAYMON taschenbuch 88

Auflage:
4 3 2 1

2014 2013 2012 2011

HAYMON tb 88

Ungekürzte Taschenbuchausgabe
Haymon Taschenbuch, Innsbruck-Wien 2011
www.haymonverlag.at

Originalausgabe: Wiener Frauenverlag

ISBN 978-3-85218-888-1

Umschlag- und Buchgestaltung, Satz:
hœretzeder grafische gestaltung, Scheffau/Tirol
Coverfoto: www.shutterstock.com – Mayer George Vladimirovich
Autorenfoto: © Lorenzo Carlomagno

Gedruckt auf umweltfreundlichem,
chlor- und säurefrei gebleichtem Papier.

Edith Kneifl

Zwischen zwei Nächten

Kriminalroman

Edith Kneifl

Zwischen zwei Nächten

Unscharf und verschwommen sieht sie, wie der Sarg an dicken Seilen hinuntergelassen wird und in der Grube verschwindet. Sie will dieses Bild für immer im Gedächtnis behalten.

Die beklommene Stille weicht heftigem Schluchzen und Seufzern der Trauer oder der Erleichterung. Sie dreht sich um.

Groß und elegant stand Anna in der Tür. In den Händen hielt sie ein Tablett mit zwei Gläsern und einer Flasche Wein. Das Alter konnte ihr nichts anhaben, im Gegenteil, sie war attraktiver denn je. Die kantigen, scharf geschnittenen Züge paßten viel besser zu der vierzigjährigen Frau als zu dem jungen Mädchen, das immer ein wenig grobschlächtig und hölzern gewirkt hatte. Auch der strenge Knoten und die grauen Strähnen in ihrem dunkelblonden Haar standen ihr gut.

Die beiden Freundinnen hatten einander jahrelang nicht gesehen, zum letzten Mal anläßlich eines Kongresses in New York. Damals hatte sich Anna geweigert, bei ihrer Freundin, die eine kleine Wohnung mit zwei Männern teilte, abzusteigen und die sterile Atmosphäre eines first class Hotels bevorzugt. Ann-Marie war beleidigt gewesen, und sie hatten sich nur einmal auf einen schnellen Drink getroffen.

Dieses letzte Wiedersehen war für beide eine Enttäuschung gewesen. Sporadisch kam nachher noch Post über den Atlantik, geschmacklose Ansichtskarten von Anna, die irgendwo im Süden allein oder mit ihrem Ehemann Urlaub machte; zu Weihnachten traf regelmäßig ein großzügiger Scheck in New York ein, zum Geburtstag und zu Silvester ein Anruf. Und dann, vor einer Woche, dieser Brief.

Ann-Marie hatte noch seltener von sich hören lassen. Briefschreiben zählte nicht zu ihren Stärken. Sie schickte höchstens einmal ein Foto mit lieben Grüßen.

„Komm her, laß dich genauer ansehen."

„Dasselbe wollte ich gerade zu dir sagen. – Du hast dich kaum verändert", meinte Anna verlegen.

Sie tauschten beinahe ängstliche Blicke aus.

Ann-Marie mißfiel der verhärmte Zug um Annas Mund.

Und das beige Kleid – von Dior? – ist unmöglich, es sieht aus wie ein Jutesack und macht sie blaß.

Modeschau am Friedhof. Haute Couture und Versandhaus. Der Ausverkauf findet heuer früher statt. Hübsche Sommermäntel in zarten Pastelltönen. Schwarz ist keine Modefarbe. Dunkle Schirme, gewöhnliche Herrenschirme und extravagante, futuristisch anmutende Damenschirme, überdimensional und gefährlich.

Sie besitzt keinen Schirm. Das nasse, strähnige Haar hängt ihr ins Gesicht, verdeckt die roten Flecken auf ihren Wangen.

Unter den Schirmen ernste Gesichter, aber nur wenige Tränen. Manche Leute können nicht weinen, wenn der Schmerz zu groß ist. Es fällt ohnehin genügend Naß auf den schlammigen Boden rund um das frische Grab. Auch die alten Kastanienbäume lassen unter der Last der schweren Tropfen ihre Blätter hängen. Raschelndes Laub und ein kühler Wind kündigen den nahenden Herbst an.

Ihre Freundschaft hatte an einem Spätsommertag vor mehr als dreißig Jahren begonnen. Anna war von der frechen, lustigen Ann-Marie sofort begeistert gewesen und ihr vom ersten Schultag an nachgelaufen wie ein kleiner Hund. Ann-Marie hatte sich durch die Bewunderung des intelligenten, aber sehr schüchternen Mädchens geschmeichelt gefühlt. Und so galten die zwei bald als unzertrennlich.

Sie besuchten dieselben Schulen, saßen acht Jahre lang in einer Bank und teilten sich während ihrer Studienzeit eine Wohnung. Kleider, Bücher, Platten, alles teilten sie miteinander, selbst die Männer. Ann-Marie mangelte es nie an Verehrern, da sie Männer nicht sehr ernst nahm, liefen sie ihr nach. Großzügig, wie sie nun einmal war, überließ sie ihrer Freundin jeden, der dieser gefiel.

Anna fragte sich, ob ihre Freundin wohl nach wie vor noch so viel Erfolg bei Männern hatte.

Auch Alfred hatte sie damals, bei ihrem letzten Besuch in Wien, sehr attraktiv gefunden. Aber sein Urteil zählte nicht, er lief jeder Schürze nach.

Ann-Marie entsprach nicht unbedingt dem Schönheitsideal der Werbung und Illustrierten. Ihr Gesicht war von übermäßigem Alkoholgenuß gezeichnet, die Nase zu lang und der Mund zu breit. Das Schönste an ihr waren ihre großen, braunen Augen.

Auf ihren geheimnisvoll entrückten Blick, den sie allein ihrer Kurzsichtigkeit verdankte, und auf ihr charmantes, unwiderstehliches Lächeln fielen auch heute noch genügend Männer 'rein.

Für eine Frau besaß Ann-Marie ungewöhnlich kräftige Hände und muskulöse Arme. Ihre ausladenden Hüften versteckte sie gern unter weiten Röcken, aber ihre Beine und ihr Busen konnten sich sehen lassen.

Anna, die viel Zeit bei Zahnärzten verbrachte, beneidete Ann-Marie vor allem um ihre gesunden Zähne.

„Wenn ich so strahlend weiße Zähne hätte wie du, würde ich immer nur lächeln. Du hast ein richtiges

Pferdegebiß – bei Frauen soll das ja ein untrügliches Zeichen von Intelligenz sein."

„Du liest zu viele Frauenmagazine."

Anna lachte.

„Aber eine Brille hast du dir noch immer nicht angeschafft."

Schon in der Volksschule hatten sie wegen Ann-Maries Kurzsichtigkeit immer in der ersten Bank sitzen müssen. Ann-Marie war blind wie ein Maulwurf, doch weder ihre Eltern noch wohlmeinende Lehrer hatten sie dazu bewegen können, eine Brille zu tragen. Als Jugendliche hatte sie es einmal mit Haftschalen versucht – tränende und ständig gerötete Augen waren das Resultat –, es blieb bei diesem einen Versuch, lieber fand sie sich damit ab, ihre Umwelt nur äußerst eingeschränkt wahrzunehmen.

Sie sieht kaum bekannte Gesichter, und nur wenige Trauergäste kennen sie. Neugierige Blicke treffen die Fremde in Schwarz, die sich nach vorn in die erste Reihe gedrängt hat.

Kein Wort hat man von ihr gehört, keinen Gruß und keine Geste des Beileids für den trauernden Ehemann.

Sie spricht nicht, schüttelt keine Hände, steht nur steif und stumm da, anklagend allein schon durch ihre armselige Kleidung. In ihrer altmodischen, schwarzen Hose und ihrem viel zu weiten Herrenpullover wirkt sie unter den gut gekleideten Trauergästen fehl am Platz. Die große, dunkle Brille verleiht ihr zusätzlich etwas Geheimnisvolles. Sie erinnert an einen abgetakelten Filmstar, bemüht um sein Inkognito.

Die Frau in Schwarz scheint den anderen keine Aufmerksamkeit zu schenken, und doch beobachtet sie alle Anwesenden haarscharf durch ihre spiegelnden Gläser.

Ann-Marie wirkte sehr müde. Obwohl sie behauptete, überall und zu jeder Zeit schlafen zu können, fühlte sie sich nach neun Stunden Flug wie gerädert.

„Leg dich ein bißchen aufs Ohr, Annemarie“, schlug Anna vor.

Sie durfte als einzige ‚Annemarie‘ sagen. Seit ihre Freundin in den USA lebte, ließ sie das ‚e‘ in der Mitte ihres Namens weg.

Ann-Marie winkte dankend ab. Da sie am nächsten Tag zu ihren Eltern fahren wollte, blieben ihnen nur knapp vierundzwanzig Stunden Zeit füreinander.

„Mein Türkischer wird dich wieder auf die Beine bringen.“

Anna erhob sich, um Kaffee zu kochen.

Ann-Marie lehnte sich zurück, schloß die Augen und träumte vom dritten Wiener Gemeindebezirk.

Nach Vaters Pensionierung waren ihre Eltern aufs Land gezogen, doch aufgewachsen war sie in einem Eckhaus in der Erdbergstraße. Das Service mit dem Zwiebelmuster, das nur an Sonn- und Feiertagen verwendet wurde, hatte, jedesmal wenn die Straßenbahn vorbeifuhr, gefährlich zu klappern begonnen. Und abends, wenn der Vater von der Arbeit heimgekommen war – er war am Landstraßer Bahnhof beschäftigt gewesen –, hatte er den Fernsehapparat eingeschaltet und war bis Mitternacht oder zumindest bis zur Bundeshymne vor dem flimmernden Bildschirm gesessen. Da er schwerhörig war, lief der Kasten immer in voller Lautstärke. An Lärm hatte es in ihrer Kindheit nie gemangelt.

Ob das dreistöckige Zinshaus, in dem sie gewohnt hatten, noch stand? Es wurde viel gebaut in Wien, wahrscheinlich hatte sich in Erdberg alles verändert. Vielleicht hatte auch der kleine Beserlpark, in dem sie ihre ersten Raufereien und ihre ersten Küsse glücklich überstanden hatte, dem U-Bahnbau weichen müssen.

Sie hätte ihrer alten Heimat gern einen kurzen Besuch abgestattet. Aber sie würde Anna wohl kaum zu einem Spaziergang überreden können, und um diese Zeit war es nicht ratsam, sich mit dem Auto durch die Innenstadt zu wagen.

Anna fühlte sich ohne Auto völlig hilflos. Selbst die paar Meter bis zum nächsten Postamt legte sie mit dem Wagen zurück. Die regelmäßigen Sonntagsausflüge mit ihren Eltern hatten ihr das Spazierengehen gründlich verleidet.

Die Trauergemeinde zieht jetzt am offenen Grab vorbei. Viele verwelkte Rosen, die vor den Friedhofstoren günstig angeboten werden, folgen dem Sarg. Eine Handvoll Erde, vermischt mit Kieselsteinen und Laub, ein kurzes ‚Leb wohl' – wer's glaubt.

Diejenigen, die verweilen, werden von den Nachkommenden zum Weitergehen gedrängt. Wer will schon länger als unbedingt nötig im Regen stehen?

Sie hat nichts in der Hand, was sie der Toten nachwerfen könnte. Am liebsten würde sie hinterherspringen. Und da löst sich noch einmal die seltsame Erstarrung, noch einmal läßt sie sich von ihren Tränen, Tränen der Verzweiflung und des Entsetzens, überwältigen. Zunächst scheint es unfaßbar, und dann kommt plötzlich die Trauer, nimmt von ihr Besitz, es existiert nichts mehr außer dieser Trauer.

Als Annas verzweifelter Brief eintraf, hatte sie keine Sekunde gezögert, sondern sofort ihr Sparbuch geplündert und einen Platz in der nächsten Chartermaschine nach Wien gebucht.

Anna hatte sie in aller Herrgottsfrüh vom Flughafen abgeholt. Alfred, ihr „überflüssiger Ehemann" – wie sie ihn zu nennen pflegte –, befand sich zum Glück auf einer seiner, in letzter Zeit immer häufiger werdenden, Dienstreisen. Die kleine Margot aus ihrem Büro war rein zufällig zur selben Zeit erkrankt. Anna widerstand der Versuchung und rief nicht bei ihr zu Hause an, um sich nach ihrem werten Befinden zu erkundigen. Vielleicht würde sie „dieses kleine Miststück" demnächst hinauswerfen, nur so zum Spaß, um Alfred eins auszuwischen, denn ihr war es längst egal, mit wem er schlief.

Sie konnte es nicht fassen, daß Ann-Marie tatsächlich gekommen war, hoffte nur, daß sie sich wenigstens das Ticket bezahlen lassen würde.

Da Anna unfähig war, ihre Zuneigung anders zu zeigen, hätte sie ihrer Freundin wenigstens finanziell gern unter die Arme gegriffen.

Der Türkische Kaffee war fertig. Ann-Marie leerte ihre Tasse in einem Zug, dann nahm sie Annas Tasse, drehte sie um und las ihr aus dem Kaffeesud die Zukunft. Sie prophezeite ihr heiße Nächte im sonnigen Süden und eine Affäre mit einem blendend aussehenden jungen Mann.

Anna errötete und kicherte wie ein Schulmädchen.

„Du müßtest dich nur ein wenig jugendlicher kleiden, meine Liebe. Du ziehst dich an wie eine alte Jungfer."

„Das hast du schon vor zwanzig Jahren behauptet."

„Ich weiß, aber anscheinend hat all mein Predigen nichts genützt."

Die Ansprache des Seelsorgers ist kurz gewesen. Ein richtiger Pfarrer hat sich nicht blicken lassen. Mit solch gottlosen Fällen wollen die Gottesmänner lieber nichts zu tun haben. Aber der Stellvertreter hat seine Aufgabe zur allgemeinen Zufriedenheit erfüllt, ohne Pathos und ohne zu sehr auf die Tränendrüsen zu drücken. Wem nach Weinen zumute ist, der weint ohnehin und benötigt keine zusätzliche Aufforderung.

Gestern nacht, als sie in der Aufbahrungshalle einen letzten Blick auf die Tote werfen durfte, hat sie auch geweint. Der Friedhof ist für die Öffentlichkeit längst gesperrt gewesen, aber der freundliche Pförtner hat Verständnis gezeigt und sie hineingelassen, ohne einen Groschen zu nehmen. Dann hat er sich in den hintersten Winkel der Halle zurückgezogen und sie mit ihrem Schmerz alleingelassen.

Sie mußte diesen letzten Blick auf den Leichnam werfen, um zu begreifen, daß das Unfaßbare eingetreten ist. Sie wollte sich mit eigenen Augen von der grausamen Wahrheit überzeugen. Allein, ungestört, gleich nach ihrer Ankunft und nicht erst am Morgen des Begräbnisses, gemeinsam mit den anderen, die gekommen sind, um ebenfalls Abschied zu nehmen.

Wie eine Puppe hat sie ausgesehen. Ob man sie kosmetisch behandelt hat? Präpariert wie ein ausgestopftes Tier?

Der protzige, reichlich verzierte Sarg hat diesen Eindruck der Künstlichkeit noch verstärkt.

Theatralisch, lächerlich und unwirklich, wie eine Bühneninszenierung.

Die ungewöhnliche Ordnung irritierte Ann-Marie. Ihre verwöhnte Freundin war mindestens ebenso schlampig wie sie selbst und von klein auf daran gewöhnt, daß jemand für sie aufräumte.

Seit ihrem letzten Besuch hatte sich hier einiges verändert. Das Dachgeschoß beherbergte jetzt nicht nur die Wohnräume des Architektenehepaares, sondern auch ihr Büro. Wohn- und Arbeitsbereich waren durch eine etwa sechzig Quadratmeter große Terrasse getrennt. Die begrünte Terrasse erweckte Assoziationen zu einem Häuschen auf dem Land: in der Stadt und doch im Grünen. Früher hatten die Räume, in denen jetzt das Büro untergebracht war, zur Wohnung gehört, und das Büro hatte sich im unteren Stockwerk befunden.

Anna erklärte die veränderte Situation mit Sparmaßnahmen.

„Ich habe lieber an Räumlichkeiten als an Personal gespart. Als ich nach Vaters Tod das Büro übernahm, sind die Aufträge plötzlich ausgeblieben, und Wettbewerb haben wir auch schon lange keinen mehr gewonnen."

Ann-Marie war überzeugt, daß dies nicht an den mangelnden Fähigkeiten ihrer Freundin lag. Sie hielt ihr einen kurzen Vortrag über die Rezession, und schon befanden sie sich mitten in einer dieser endlosen politischen Diskussionen.

Politisch waren sie noch nie einer Meinung gewesen. Die radikale, anarchistisch angehauchte Ann-Marie beschuldigte ihre Freundin aus gutbürgerlichem Haus, eine ängstliche Sozialdemokratin zu sein, und warf ihr politische Naivität vor.

„Du bemühst dich ständig, dein Gewissen zu beruhigen, indem du dich besonders sozial und kollegial zu deinen Angestellten verhältst. Prinzipiell finde ich das in Ordnung, aber mußtest du denn gleich so übertreiben und den Unfähigsten von ihnen heiraten? Ich fürchte, du leidest unter einem saftigen Sozialtick. Sicher wärst du eine ausgezeichnete Sozialarbeiterin geworden, wenn dich dein Vater nicht gezwungen hätte, Architektur zu studieren."

Anna dachte nicht daran, ihren abwesenden Ehemann in Schutz zu nehmen, obwohl sie fand, daß Ann-Marie ihre Abneigung gegen Alfred übertrieb, ja geradezu kultivierte. Schließlich hatte er ihr nichts getan. Im Gegenteil, er verhielt sich immer besonders freundlich und zuvorkommend zu der besten Freundin seiner Frau – vielleicht sogar eine Spur zu freundlich. Trotzdem hatten Alfred und Ann-Marie nie viel miteinander anzufangen gewußt. Hinterrücks schimpfte er immer über den verheerenden Einfluß, den diese ausgeflippte Person auf seine Frau ausübte. Doch das konnte Ann-Marie nicht wissen, und Anna hütete sich, es ihr zu erzählen.

Ann-Marie konnte Alfred nicht ausstehen und war damals auch nicht zur Hochzeit erschienen, obwohl Anna ihr Geld für das Ticket geschickt hatte. Es kam postwendend zurück.

Anna vermutete, daß ihre Freundin von Anfang an auf Alfred eifersüchtig gewesen war. Sie ahnte nicht, wie nahe sie mit dieser Vermutung der Wahrheit kam.

Ann-Marie war sich über ihre Gefühle nicht im klaren. Sie schlief mit Männern, aus denen sie sich im Grunde nicht viel machte. Außer fürs Bett waren sie, ihrer Meinung nach, zu nichts nutze. Vor allem beim Frühstück fand sie den Anblick verliebter Jünglinge unerträglich. Sie zog es vor, in Ruhe ihre Zeitung zu lesen.

Schon immer hatte sie sich mit Frauen viel besser verstanden als mit Männern, aber mit Liebe hatte das nichts zu tun. Nicht einmal in der Pubertät war sie den üblichen Schwärmereien für eine Lehrerin erlegen, so wie Anna damals in der dritten Klasse des Gymnasiums. Doch in den letzten Jahren war ihr bewußt geworden, daß sie für ihre spröde und verklemmte Freundin nicht nur rein freundschaftliche Gefühle hegte. Nie zuvor hatte sie für eine Frau ähnliches empfunden. Sie wagte jedoch nicht, mit Anna darüber zu sprechen.

Ihre Liebe sei unsterblich, hat sie gedacht. Auf den Tod hat sie vergessen. Es kommt ihr vor, als sei sie selbst gestorben, als sei es ihr eigenes Begräbnis.

Ein Stück von ihr ist tot, grausam, endgültig, unwiederbringlich, zerschmettert auf dem Steinboden eines Hinterhofes. Vorbei, aus, aus für immer. Kein Gedanke an das Jenseits. Alles zerstört, was sie liebte. Hoffnungslosigkeit, Leere, Einsamkeit. Sie hat keine Tränen mehr. Anna ist tot.

Tod durch Selbstmord.

Fremdverschulden ausgeschlossen.

Gestorben, indem sie selbst Hand an sich legte.

Freiwillig aus dem Leben geschieden.

So stand es in den Zeitungen und auch in der Todesanzeige. Der Schmerz der Hinterbliebenen ist bis in alle Ewigkeit schwarz auf weiß dokumentiert; es ist nicht ihr Schmerz.

„Dieses Wetter macht mich trübsinnig. Manchmal habe ich so einen warmen Regen ganz gern, aber heuer reicht es mir schon. Wir haben noch gar keinen Sommer gehabt. Ständig grauer Himmel über Wien, und da soll man nicht depressiv werden“, sagte Anna.

Sie machten es sich im nur spärlich möblierten Wohnzimmer bequem. Eine cremefarbene Ledercouch, zwei Fauteuils, ein kleiner Tisch, Bücherregale, Stereoanlage, TV-Apparat. Anna haßte Topfpflanzen, Nippes und gehäkelte Deckchen. Die ganze Wohnung wirkte nüchtern und steril, nur die schrägen, mit hellem Holz getäfelten Wände und die großen Spinnweben an der Decke spendeten ein wenig Wärme.

Anna registrierte den belustigten Blick ihrer Freundin.

„Du bewunderst meine Haustierchen? Zum Glück graust meiner Putzerin so sehr vor Spinnen, daß sie sich nicht traut, die beiden runterzuholen."

Seit der Aufgabe der unteren Etage begnügte sich Anna mit vier Zimmern, und Alfred mußte sich ebenfalls damit begnügen. Sie hatten getrennte Schlafzimmer und ein gemeinsames Wohnzimmer, der vierte Raum war als Arbeitszimmer vorgesehen gewesen. In letzter Zeit benützten sie dieses Zimmer allerdings kaum mehr, es diente als Abstellkammer.

„Du hast die Wohnung in diesem Zustand noch gar nicht gesehen, oder? Ich habe den Umbau selbst in die Hand genommen und bin richtig stolz auf diese Lösung."

„Sieht wirklich hübsch aus", bemerkte Ann-Marie gleichgültig.

Obwohl die verkehrsreiche Mariahilferstraße ums Eck lag, war es eine sehr ruhige Wohnung. Ein Häuserblock schirmte sie von der Straße ab, und die Fenster gingen alle auf Hinterhöfe hinaus.

Ann-Marie genoß die ungewöhnliche Stille, die nur durch das dumpfe Trommeln des Regens unterbrochen wurde. Gewöhnt an das ständige Dröhnen einer sechsspurigen Stadtautobahn, die den East River entlangführte, empfand sie dieses monotone Geräusch als geradezu wohltuend. Die monumentalen Wohnsilos, die zwischen ihrer Straße und der Autobahn errichtet worden waren, hielten den Lärm kaum ab, verhinderten nur die Sicht auf das Wasser, an dessen Ufer sie gern spazierengegangen wäre, wenn es nicht zu gefährlich und wenn der verdammte Lärm nicht gewesen wäre.

Sie hätte sich gern auf die Terrasse gesetzt. Die Luft war mild, und es würde bestimmt bald zu regnen aufhören. Vereinzelt kamen schon Sonnenstrahlen durch. Doch Anna suchte die Terrasse immer erst nach Büroschluß auf. Angeblich war es ihr unangenehm, sich dem Müßiggang hinzugeben, während andere für sie arbeiteten. Außerdem haßte sie es, von ihnen beobachtet zu werden.

„Die permanente soziale Kontrolle“, behauptete sie.

Im großen Atelier am anderen Ende der Terrasse saßen die drei Angestellten: eine Architektin, eine technische Zeichnerin und eine Sekretärin. Wenn viel zu tun war, wurden auch freie Mitarbeiter beschäftigt. Ein ehemaliger Architekturstudent, der auf die Vierzig zuging und längst nicht mehr daran dachte, sein Studium zu beenden, gehörte praktisch auch zur ständigen Belegschaft, da er täglich für ein paar Stunden ins Büro kam. Er galt als Annas spezieller Liebling. Böse Zungen behaupteten, ihre Sympathie für ihn ließe sich allein darauf zurückführen, daß er ebenso gern tief ins Glas schaute wie sie.

Wenn alle anwesend waren, stellte Anna auch ihr eigenes Atelier, einen kleinen, hellen Raum, der viel Oberlicht bekam, zur Verfügung. Sie arbeitete nur mehr selten in ihrem Atelier. Doch früher hatte sie dort mehr Zeit verbracht als in ihrer Wohnung.

Die wenigen beruflichen Gespräche, die sie heute noch führte, erledigte sie von ihrem privaten Telefonanschluß aus.

Alfred ließ niemanden in sein Büro.

„Er hat es zu einem Liebesnest umfunktioniert, denn wozu braucht er sonst wohl eine Couch und gedämpftes Licht? Wohlerzogen, wie ich nun einmal bin, betrete ich sein Büro nie, ohne vorher anzuklopfen. Trotzdem habe ich ihn nicht nur einmal mit unserer Sekretärin überrascht. Doch seit er dieser Margot nachläuft, bedient er sich nur mehr höchst selten der Dienste der Kleinen. Ich habe ihr Gehalt erhöht. Sie hat mir einfach leid getan. Aber laß uns von etwas anderem reden. Eigentlich ekelt mich das alles an."

Haß und Ekel überkommen sie, als sie zusieht, wie die Totengräber ihre Pflicht tun und feuchte, dunkle Erde auf den Sarg schaufeln.

Die vielen Kränze und Bouquets tragen erst recht zu ihrer Übelkeit bei. Anna mochte keine Blumen.

Sie steht vor dem Grab, starrt auf die vertrockneten Rosen und auf die bröckelige Erde, die jetzt den Sarg bedecken, und möchte sich auf der Stelle übergeben, wagt aber nicht, ins Grab zu speien. Die Totengräber schenken ihr verdrossene Blicke. Sie stört die beiden Männer bei der Arbeit. Mit einem heftigen Ruck wendet sie sich ab, wankt zum Tor und steigt in den erstbesten Wagen.

Fremde Leute, angeblich gute Bekannte von Anna, nehmen sie mit in die Stadt. Auch während der Fahrt hält dieses Würgen im Hals noch an. Sie fürchtet um die Rücksitze des schicken Autos.

Der Wagen rast die triste Simmeringer Hauptstraße entlang. Die angeblichen Freunde von Anna fühlen sich bemüßigt, Ann-Marie zu unterhalten. Sie erfährt einige interessante Details über den plötzlichen Tod ihrer Freundin.

An einen Unfall scheint niemand zu glauben, weder Alfred noch die Polizei noch die Freunde. Sie litt unter schweren Depressionen, schluckte jede Menge Antidepressiva, die ihr der Hausarzt, ein alter Freund der Familie, verschrieb. Eine Analyse, die, nach Aussage des Ehemannes, auch nichts half, brach sie vor etwa einem Monat ab.

Die guten Bekannten behaupten, sie hätte sich schon seit längerem in einem manisch-depressiven Zustand befunden.

„Seit ihrer Abtreibung, genauer gesagt. Auch die Art, wie sie sich das Leben genommen hat, weist eindeutig auf einen Zusammenhang mit ihrer Schwangerschaft hin, meint zumindest ihr Analytiker. – Einmal himmelhoch jauchzend und voll verrückter Zukunftspläne, dann wieder völlig am Boden zerstört, ohne jeden Grund ..."

Ann-Marie würde sich am liebsten die Ohren zuhalten.

„Sie soll sogar daran gedacht haben, sich aus dem Architekturgeschäft zurückzuziehen, und hat auch schon Verhandlungen über den Verkauf des Büros geführt. Aber anscheinend hat sie diesen Entschluß bald wieder bereut. Paul, der Architekt, dem sie das Büro übergeben wollte, macht sich jedenfalls bittere Vorwürfe, weil er diese verrückte Idee ernstgenommen hat ..."

Diese Leute scheinen über Annas Privatleben ja bestens informiert zu sein.

Ann-Marie hört sich ihr Geschwafel schweigend an.

Verlegenes Schweigen. Annas Lächeln wirkte leicht verkrampft.

„Soll ich uns etwas zu essen machen?"

Ann-Marie nickte bloß und folgte ihrer Freundin in die Küche. Sie setzte sich auf den Geschirrspüler und sah zu, wie Anna Thunfisch unter die Maiskörner mischte und einen Becher Sauerrahm darüber leerte. Zum Schluß garnierte sie den Salat noch mit Petersilie. Obwohl sie sich meist streng an Großmutters Kochbuch hielt, war sie eine miserable Köchin. Einmal verwendete sie zu viel Salz, ein anderes Mal zu wenig. Ann-Marie erinnerte sich noch mit Schaudern an die lauwarme Tiefkühlkost, die sie während ihrer Studienzeit immer vorgesetzt bekommen hatte, wenn Anna mit dem Kochen an der Reihe gewesen war.

„Du machst Fortschritte“, lobte sie.

„Pflanz jemand anderen. Ich bin nach wie vor der Meinung, daß stundenlanges Am-Herd-Stehen eine reine Zeitverschwendung ist. Erstens esse ich liebend gern heiße Leberkässemmeln, und dann gibt es auch noch das Beisel im Nebenhaus. Meistens sorgt jedoch Frau Maricek, die jeden Vormittag kommt, für eine warme Mahlzeit. Heute habe ich ihr freigegeben, um mich ungestört dir widmen zu können.“

Sie zwinkerte ihrer Freundin belustigt zu.

„Aber wenn dir meine Kochkünste nicht genügen, dann können wir ja essen gehen.“

„Nein, nein, der Salat sieht richtig hübsch aus, schön bunt“, betonte Ann-Marie lachend.

Die Küche war hell, freundlich und ebenso praktisch eingerichtet wie die anderen Räume.

Unpersönlich wäre vielleicht das passendere Wort.

Ann-Marie schätzte durchaus den Geschmack ihrer Freundin, obwohl er nicht ihrem eigenen entsprach. Sie behauptete gern, daß sie überhaupt keinen Geschmack hätte. Und die meisten Leute gaben ihr recht. Ihre Vorliebe für farbenfrohe, extravagante Kleidung war nicht zu übersehen. Zu einem weiten, wadenlangen Rock trug sie ein geblümtes Hawaihemd, und um die Mitte hatte sie einen breiten, roten Ledergürtel geschlungen. Ein selbstgebastelter, pyramidenförmiger Glasohrring blitzte unter ihrem stark gekräuselten Haar hervor.

Sie wirkte immer unfrisiert, und ihre Haarfarbe wechselte ständig. Ursprünglich brünett, sah man sie oft mit roter oder blonder Mähne, durchzogen von schwarzen, blauen oder grünen Strähnen. Zu Ehren ihres Wiedersehens mit Anna hatte sie Hennarot, durchsetzt mit Gelb, gewählt. In New York fiel sie nicht auf. Egal, wie sie aussah, keiner drehte sich nach ihr um, außer ein paar liebeshungrigen Idioten vielleicht. Doch in Wien erregte sie beträchtliches Aufsehen. Selbst am Flughafen, wo man eigentlich daran gewöhnt sein mußte, exotisch gewandete Fremdlinge zu sehen, wurde sie unverschämt angestarrt. Sie hatte diese Reaktion vorausgesehen und freute sich diebisch darüber. Ein Zollbeamter bekam Maulsperre, und sein Kollege verlor vor Schreck eine Kontaktlinse, als sie ihn im breitesten Wienerisch ansprach. Sie half ihm beim Suchen und durfte anstandslos passieren.

Als sich die elektronisch gesicherte Tür öffnete, kam Anna hereingestürmt und fiel ihrer Freundin um den Hals. Arm in Arm verließen sie das Flughafengebäude. Anna trug die Reisetasche, in der sich unter anderem Ann-Maries Shit-Ration für die nächsten Tage befand.

Lieber Gott, was gäbe ich jetzt nicht alles für einen Joint, einen ganz winzig kleinen nur.

Doch der liebe Gott scheint für Ann-Maries Tauschgeschäfte nicht viel übrig zu haben, er stellt sich auf beiden Ohren taub.

Alfred hat für den sogenannten Leichenschmaus das Extrazimmer eines sündhaft teuren Innenstadt-Restaurants gemietet. Stilvoll, feudal, standesgemäß. Beim Anblick der gierig in sich hineinstopfenden Trauergäste spielt ihr Magen erneut verrückt. Sie kann sich des Eindrucks nicht erwehren, daß hier tatsächlich die Leiche verschmaust wird.

Anna hat sich etwas Besseres verdient. – So viele Lügen, so viel Scheinheiligkeit ...

Sie haßt es, bei diesen Leuten ausharren zu müssen. Ein starkes Bedürfnis nach Alleinsein überkommt sie. Grau, fast grün im Gesicht springt sie auf, wirft ihren Stuhl um und stürzt aufs Klo, um sich zu übergeben. Sie bricht nur trüben, wäßrigen Schleim.

Etwas erleichtert schließt sie dann den Klodeckel, setzt sich auf die Toilette und stützt den Kopf auf die Hände. Erinnerungen tauchen auf: Erwartungsvoll und bester Laune schlenderte sie durch die Halle des John F. Kennedy Airports. Sie war überpünktlich, um nur ja nicht die Ankunft ihrer Freundin zu verpassen. Aber Anna befand sich nicht unter den Reisenden aus Europa. Sie ließ ihren Namen ausrufen, glaubte, die falsche Maschine wäre gelandet, dachte an Unfall und Flugzeugentführung, bis ihr endlich der befreiende Gedanke kam, daß Anna einfach ihren Flug versäumt haben könnte. Bestimmt hatte sie bis spät in die Nacht hinein gepackt und dann verschlafen. Sieben Uhr früh ist nicht gerade eine christliche Zeit zum Fliegen.

Sie hatten fast täglich miteinander telefoniert, zum letzten Mal vorigen Freitag. Anna hatte zwar am Telefon etwas nervös geklungen, schien sich aber auf New York zu freuen.

Ann-Marie hatte alle Hände voll zu tun gehabt, um ihre kleine Wohnung auf Hochglanz zu bringen. Sie hatte das ganze alte Zeug vors Haus gebracht und einen Flohmarkt veranstaltet, um Platz für Annas Sachen zu schaffen.

Leicht verärgert, aber auch belustigt über die Unzuverlässigkeit ihrer Freundin, begab sie sich zurück in ihre Wohnung und versuchte, Anna telefonisch zu erreichen.

Die Stimme am anderen Ende der Leitung klang fremd und war stark dialektgefärbt. Zuerst dachte Ann-Marie, sie hätte sich verwählt, doch dann begann die Frau zu erzählen.

„Du hast ja keine Ahnung, wie langweilig mein Leben ist", sagte Anna.

„Soll ich dir meinen ganz normalen Alltag schildern? Also ..., meistens verschlafe ich den halben Vormittag. Während Frau Maricek mit dem Staubsauger durch die Wohnung zieht und der Geschirrspüler auf vollen Touren läuft, wälze ich mich im Bett. An Schlaf ist natürlich nicht mehr zu denken. Ich überlege, welche Termine ich streichen kann und welche ich unbedingt einhalten muß. Die beste Lösung ist immer, alle zu verschieben. Nach einer ausgiebigen Morgentoilette fühle ich mich zwar kaum erfrischt, aber wenigstens sauber. Den Kaffee trinke ich in der Küche. Frau Maricek leistet mir dabei Gesellschaft. Wir unterhalten uns über Belangloses, zum Beispiel über die neuen Möbelpflegemittel, die auch nicht mehr so gut sind wie die früheren. Oder wir besprechen den letzten Nachtfilm und die Sensationsmeldungen der Kronenzeitung. Was die Filme betrifft, sind wir fast immer einer Meinung. Wir lieben beide traurige Geschichten mit Happy-End. Bei den Zeitungsmeldungen teilen sich unsere Vorlieben. Ich interessiere mich vor allem für Vergewaltigungen, während Frau Maricek Raubüberfälle bevorzugt. Ja, und dann schildert sie mir zum hundertsten Mal das Drama ihrer gescheiterten Ehe. Ihr Mann ist vor vielen Jahren abgehauen, hat sie sitzengelassen mit den Schulden und dem kleinen Buben, der inzwischen auch ohne seine Hilfe groß geworden ist. Er scheint seinem Vater nachzugeraten. Zumindest beklagt sie sich ständig, daß er ein rechter Taugenichts sei. Er hat schon zweimal die Stelle wechseln müssen, weil er andauernd zu spät in die Arbeit kommt und immer gegen seine Vorgesetzten aufbegehrt."

Ann-Marie gähnte demonstrativ und machte sich nicht die Mühe, die Hand vor den Mund zu halten.

Hätte sie doch bloß den Mund gehalten.

Diese fremde, zittrige Stimme klingt ihr noch immer in den Ohren:

„Frau Anna ist heute morgen im Hof gefunden worden, zerschmettert, mausetot."

Gefallen, erloschen, erlöst, ausgelitten, ausgekämpft, verschieden, leblos, kalt, tot.

„Sie hat ausgesehen wie ein friedlich schlummerndes Kind. Zusammengekauert, mit angezogenen Beinen ist sie dagelegen, als ob das Pflaster ein weiches, warmes Bett wäre. Es muß in der Nacht passiert sein. Der Wirt vom Nebenhaus hat sie gefunden, als er in der Früh seine Mistkübel in den Hof gestellt hat. Den ganzen Tag ist hier der Teufel los gewesen. Ich komme erst jetzt dazu, ein bißchen Ordnung zu machen. Vorher habe ich ja nichts anrühren dürfen."

Ann-Marie kam gar nicht auf die Idee, sich zu wundern, was diese Frau zu so später Stunde in Annas Wohnung zu suchen hatte. In Wien war es neun Uhr abends.

„Sie können sich nicht vorstellen, wie es hier aussieht, die Wohnung ist ein richtiges Schlachtfeld."

Ann-Marie konnte sie kaum verstehen, weil sie zwischen den einzelnen Sätzen ständig nach Luft schnappte und die meisten Endsilben in heftigem Schluchzen untergingen.

Sie fühlte sich wie gelähmt, stellte keine einzige Frage, legte aber auch nicht auf.

„Möchten Sie den Herrn Alfred sprechen? Er ist leider nicht da. Er muß sich doch um alles kümmern, das Begräbnis und so ..., es wird am Freitag stattfinden.“

Ann-Marie hörte ihr nicht mehr zu. Irgendwann legte sie den Hörer auf die Gabel, und von da an kann sie sich an nichts mehr erinnern.

Jeff, der über ihr wohnte, hörte ihre Schreie und kam sofort herunter. Angeblich fand er sie wimmernd am Boden liegen. Mangels eines wirkungsvolleren Beruhigungsmittels flößte er ihr eine halbe Flasche Whisky ein und brachte sie zu Bett.

Als sie erwachte, handelte sie wie in Trance, borgte sich von allen Bekannten Geld aus, sogar ihre armen puertoricanischen Nachbarn pumpte sie um ein paar Dollar an. Bis Mittwoch hatte sie die benötigte Summe zusammen und buchte einen Platz in der nächsten Maschine nach Wien. Donnerstag abend landete sie in Schwechat und fuhr gleich zum Zentralfriedhof. Die Nacht verbrachte sie in einem Stundenhotel, das sie noch von früher kannte.

„Interessant, nicht wahr? – Aber ich finde den Jungen gar nicht so übel. Hin und wieder bitte ich ihn, Botengänge fürs Büro zu erledigen. Frau Maricek läßt sich aber nichts schenken. In dieser Hinsicht erinnert sie mich an dich. Wenn ich ihrem Sohn ein paar Schilling zukommen lasse, bedankt sie sich jedesmal überschwenglich und vergißt dann prompt, eine Stunde bügeln zu verrechnen, was mir wiederum peinlich ist. Ich versuche mich dann mit alten Sachen für ihre Verwandten auf dem Land zu revanchieren. Natürlich weiß ich, daß sie meine alten Modellkleider selbst trägt, aber dieser Vorwand mit den armen Verwandten erlaubt es ihr eher, die Sachen anzunehmen.“

„Du bist wirklich unverbesserlich.“

„Den jungen Maricek kann ich, wie gesagt, gut leiden. Er macht ein bißchen auf Punk und sieht schrecklich wüst aus mit seinem kurz geschorenen Haar und seinen tätowierten Unterarmen. Aber ich amüsiere mich köstlich über seine ordinären Sprüche. Du solltest ihn einmal hören, wenn er so richtig loslegt. Ich glaube, daß er mich auch mag. Anfangs ist er mir verständlicherweise mit einem gewissen Mißtrauen begegnet, aber eines Tages hat er mir ganz unverblümt mitgeteilt, daß ich schwer in Ordnung sei. Und, ob du es glaubst oder nicht, ich habe mich über dieses Kompliment sehr gefreut. Selbstverständlich biete ich ihm immer Bier und Zigaretten an, außerdem habe ich mich für sein auffrisiertes Moped interessiert. Ich denke, das hat ihn endgültig für mich eingenommen.“

„Entschuldige, ich muß dich kurz verlassen“, unterbrach Ann-Marie den Redeschwall ihrer Freundin und ging aufs Klo.

Als sie von der Toilette zurückkommt, setzt sie sich zu Frau Maricek, die man notgedrungen auch eingeladen hat.

Schließlich kehrt man an einem solchen Tag nicht unbedingt den Snob heraus. Außerdem hätte es sich die gute Frau wahrscheinlich ohnehin nicht nehmen lassen, bei Annas Begräbnis zu erscheinen. Sie gehört bestimmt zu den Leuten, die Unglücksfälle und Schicksalsschläge als eine von Gott auferlegte Prüfung betrachten und sie nicht nur mit dem nötigen Respekt hinnehmen, sondern auch gebührend zu zelebrieren wissen. – Aber hat sie denn unbedingt ihren „verwahrlosten“ Sohn mitbringen müssen?

Ann-Marie versucht sich Alfreds Gesichtsausdruck beim Anblick des jungen Irokesen vorzustellen und kann sich das Lachen kaum verbeißen.

Mit ihm hat man sicher nicht gerechnet. Er ist garantiert nicht eingeladen gewesen. Zum Glück sitzen die beiden am unteren Ende der Tafel. Dadurch entgeht man wenigstens der lästigen Pflicht, ein paar höfliche Worte an sie zu richten.

Die anderen Gäste lassen die beiden deutlich spüren, daß sie nicht dazugehören. Auch deshalb setzt sich Ann-Marie zu ihnen.

Frau Maricek hat nicht nur am Telefon um Anna geweint, sondern auch heute am Grab. Außerdem weiß sie am besten, wie sich Anna während der letzten Tage gefühlt hat, was sie gemacht hat.

„Wenn die Mariceks weg sind, schau ich auf einen Sprung ins Büro und bespreche mit Alfred, falls er zufällig einmal da ist, die laufenden Projekte. Aber im Grunde interessiere ich mich kaum mehr für die Arbeit, und das weiß er auch."

„Hältst du das für klug? Ich würde ihm mein Desinteresse nicht so offen zeigen. Er versucht bestimmt, dich zu übervorteilen."

„Und wenn schon? Mir ist das völlig egal. Du hast keine Ahnung, wie gleichgültig ich geworden bin. Mich kann wirklich nichts mehr erschüttern. Mittags gehe ich manchmal mit den Angestellten essen, vor allem, wenn diese Margot dabei ist. Es macht mir Spaß, die Ahnungslose zu spielen, und ich unterhalte mich immer besonders nett mit ihr. Du kennst mich, ich kann sehr charmant sein, wenn ich will, aber auch sehr herablassend."

„Und deine Rivalin muß natürlich deine Freundlichkeit erwidern, schließlich ist sie von dir abhängig."

Anna schenkte ihr einen leicht irritierten Blick, sprach aber weiter: „Die Nachmittage verbringe ich, falls es mir gelingt, alle Verabredungen abzusagen, in meinem Zimmer. Ich lese oder schreibe Tagebuch wie in meiner Jugend, schreibe Gedanken nieder, die ich nicht einmal auf der Couch auszusprechen wage. – Weißt du, daß ich seit zwei Jahren eine Analyse mache? – Ja, und sonst übe ich mich im Nichtstun, eine herrliche Beschäftigung! Wenn mir die Decke auf den Kopf zu fallen droht, fahre ich einfach mit dem Wagen in der Gegend herum. Lange Zeit hat mein einziges Vergnügen darin bestanden, gelegentlich ins Kino zu gehen. Auch heute noch sehe ich mir am liebsten alte Filme an, und zwar allein, so erspar' ich mir geistreiche Kommentare und kann meinen Tränen hemmungslos freien Lauf lassen. Taschentuch und Schokolade habe ich immer dabei. Meistens besuche ich die Nachmittagsvorstellungen, setze mich in die letzte Reihe zu den ganz jungen Liebespärchen ..."

„Du bist schon immer ein kleiner Voyeur gewesen."

Anna schien diese Bemerkung mißzuverstehen.

„Selbstverständlich durchschaue ich die verlogene Romantik dieser Hollywoodschinken und auch meine eigenen sentimentalen Gefühle. Trotzdem gelingt es mir nicht, mich dieser flimmernden Scheinwelt zu entziehen."

„Und du hoffst, daß, wenn du in die Jahre kommst, im Bellaria-Kino – gibt es das überhaupt noch? – statt Willi Forst und Hans Moser James Dean und Marlon Brando auf der Leinwand erscheinen werden."

„Genau, du sagst es."

Ann-Marie braucht Frau Maricek nicht lange zu bitten. Bereitwillig erzählt sie von dem schrecklichen Ereignis. Manchmal mischt sich ihr Sohn ins Gespräch, korrigiert sie oder vervollständigt ihren Bericht.

Ann-Marie hört aufmerksam zu. Sie trägt immer noch die große Sonnenbrille und wirkt reichlich deplaziert neben der älteren, ordentlich gekleideten Frau. Selbst der Junge hat einen dunkelblauen Anzug an, aus dem er allerdings längst herausgewachsen ist. Die Hosenbeine reichen ihm nur knapp bis zu den Knöcheln.

Frau Maricek wundert sich, daß Alfred in jener Nacht nicht zu Hause war.

„Er hätte doch seine Frau am nächsten Morgen zum Flughafen bringen sollen. Jedenfalls finde ich, daß sich das gehört hätte, auch wenn er bös' auf sie war. Ich bin gleich rübergegangen, als ich von dem Unglück erfahren habe. So was spricht sich in der Nachbarschaft schnell herum, und ich wohne ja nur zwei Straßen weiter. Verabschiedet habe ich mich von ihr schon am Sonntag, hab ihr einen selbstgebackenen Gugelhupf als Abschiedsgeschenk mitgebracht."

Sie schneuzt sich in ihr blütenweißes Taschentuch und wischt sich dann damit das tränennasse Gesicht ab.

Ann-Marie schenkt ihr Wein nach.

„Trinken Sie einen Schluck, das beruhigt."

Die halbvollen Weingläser standen noch auf dem Couchtisch, sie hatten nur daran genippt. Auf nüchternen Magen vertrugen sie, trotz ihrer Trinkfestigkeit, noch keinen Wein.

„Möchtest du vielleicht ein Bier?"

Anna erinnerte sich, daß ihre Freundin eine leidenschaftliche Biertrinkerin war, und holte eine Flasche Gösser Spezial aus dem Kühlschrank.

„Gläser findest du im Schrank, und der Öffner hängt an der Wand, gleich neben dem Geschirrspüler."

Doch Ann-Marie trank aus der Flasche und rülpste herzhaft nach jedem Schluck.

„Ist gut gegen Blähungen, Rülpsen meine ich."

„Wenn ich dich mit einer Bierflasche sehe, muß ich immer an jene folgenschwere Flasche denken, weißt du noch?"

„Welche Flasche?"

„Na die, die du auf dem Kopf des Polizisten zertrümmert hast. Erinnerst du dich nicht mehr?"

„Keine Ahnung."

„Damals bei diesem Frauenfest, sie wollten uns nicht hineinlassen, angeblich war der Saal bereits überfüllt. Ein Trupp Uniformierter versuchte uns abzudrängen. Wir waren unheimlich sauer und machten anständig Krawall. Als sie handgreiflich wurden, schlugst du von hinten zu. Dann waren sie so mit ihrem blutenden Kollegen beschäftigt, daß wir doch hineinkamen. Ein paar von uns erwischten sie, leider auch dich. Sie sperrten euch in einen Polizeiwagen. Und dann schlug meine große Stunde. Ich war ja nur dir zuliebe mitgegangen, mit der Frauenbewegung hatte ich nicht viel am Hut, aber als ich dich in diesem grünen VW-Bus entdeckte, heulend vor Wut und mit den Fäusten gegen die Fenster trommelnd, da drehte ich durch und mobilisierte die Frauen im Saal. Gemeinsam schafften wir es, euren Abtransport zu verhindern. Wir umzingelten den Wagen und erzwangen mit Sprechchören und Drohungen eure Freilassung. Ich glaube, das ist sonst noch nie jemandem gelungen. Dieses eine Mal waren sie in der Minderheit, diese Feiglinge. Zum Glück konnten sie dir nicht nachweisen, daß du es warst, die einen von ihnen außer Gefecht gesetzt hatte. Ich bin bis heute stolz auf diese Aktion. Die Begeisterung der anderen Frauen steckte mich an. Singend und lachend zogen wir dann mitten in der Nacht die Mariahilferstraße hinunter. Keiner wagte uns zu stoppen. Die Bullen fuhren brav neben uns her, wie der Begleitschutz bei einem Staatsbesuch. Völlig ratlos –, denn sie wissen nicht, was sie tun.' Wahrscheinlich hatten sie keine bestimmten Befehle erhalten. Und die Wiener hatten etwas zu gaffen. Mein Gott, war das schön, Annemarie! Ich beschmierte mit meinem sündteuren Lippenstift die Auslagen der Sex-Shops mit wüsten Sprüchen. Ähnlich deftige Ausdrücke hatte ich früher nicht einmal gewagt, in den Mund zu nehmen: ‚Die Macht der Schwänze hat ihre Grenze', ‚Hirn in der Hose, am besten Schwanzlose'. War das ein Spaß! Die eindeutig beste Aktion lieferten wir allerdings vor diesem komischen Disneyland-Nachtklub. Daran mußt du dich doch noch erinnern können, sowas kann man einfach nicht vergessen."

Ann-Marie schmunzelte vergnügt, zuckte aber die Achseln.

„Wir umstellten das Haus und forderten unsere arbeitenden Schwestern auf, sich mit uns zu solidarisieren. Ich mache mir heute noch vor Lachen in die Hose, wenn ich an die blöden Gesichter der Türsteher und der feinen Herren aus der Kärntnerstraße denke. Wir hatten viel Publikum. Natürlich dachte keine von uns ernsthaft daran, daß sich die Schönen der Nacht überzeugen lassen würden. Aber trotzdem waren wir rührend in unserem Eifer, sie zu bekehren. Einige Ladies schauten aus dem Fenster und winkten uns zu. Ich glaube, sie amüsierten sich ebenfalls großartig."

„Es war wie im Fernsehen. Zuerst hat mich die Polizei nicht in die Wohnung lassen wollen. Aber denen hab ich's gegeben. Ich bin sogar verhört worden, von einem echten Kommissar selbstverständlich. Ein wirklich feiner Herr. Er hat bald eingesehen, daß man mir vertrauen kann. In der Küche ist noch mein Gugelhupf gestanden, unangetastet. Ich hab ihn extra gut verpackt, damit er den langen Flug heil übersteht. Dem Germteig macht es nichts, wenn er ein paar Tage alt wird, deshalb habe ich ja auch einen Gugelhupf gebakken, obwohl die Frau Anna immer von meinem Apfelstrudel geschwärmt hat."

Weinend fügt sie noch hinzu: „Bei Ihnen drüben gibt es sowas Gutes bestimmt nicht, oder?"

Ann-Marie nickt zustimmend.

„In der Wohnung war ein wahnsinniger Saustall. Dabei habe ich noch am Sonntag aufgeräumt. Ob die Polizei alles durcheinandergebracht hat? Normalerweise wäre ich ja erst Mitte der Woche wiedergekommen, um nach dem Rechten zu sehen. Ich hatte mit Frau Anna ausgemacht, daß ich mich weiterhin um die Wohnung kümmern sollte. Meinen Lohn hat sie mir schon im voraus gezahlt. Muß ich das Geld jetzt Herrn Alfred zurückgeben?

„Aber nein. Anna hätte sicher gewollt, daß Sie es behalten", beruhigt sie Ann-Marie.

Frau Maricek wirkt sichtlich erleichtert.

„Die arme Frau Anna, sie ist viel zu viel allein gewesen."

„Nachdem du weggegangen bist, habe ich jeden Kontakt zur Frauenbewegung verloren."

„Wieso hat das mit meinem Weggehen zu tun gehabt?"

„Weiß ich nicht. Jedenfalls erschienen mir diese Veteraninnentreffen, die immer einen leicht konspirativen Charakter hatten, auf einmal albern und lächerlich. Mir war leid um die Zeit, und ich zog mich aus allen Komitees und Arbeitskreisen zurück. Meine Solidarität beschränkte sich nunmehr auf Spenden. Anfangs riefen noch gelegentlich Frauen bei mir an, luden mich auf ein Fest oder zu einem Wochenendseminar ein, aber ich erfand jedesmal eine andere Ausrede. Schließlich wurden die Anrufe seltener. Trotzdem empfinde ich auch heute manchmal noch große Lust zu spontanen Aktionen. Konfrontiert mit all diesen sexistischen Plakaten und Illustrierten packt mich die alte Wut. Warum geben sich Frauen bloß immer wieder für so einen Scheiß her? Ich kaufe solche Zeitschriften nie, doch leider ist das meine einzige Form von Protest. Zum Glück nehmen mir, was die Plakate betrifft, oft jüngere Frauen die Arbeit ab. Meine Emanzipationsbestrebungen äußerten sich bald nur mehr darin, daß ich abends allein durch die Lokale der Innenstadt zog. Manchmal fand sich eine Freundin bereit, mich zu begleiten. Allerdings nur, wenn sie gerade in einer Ehekrise steckte oder ihren Mann eifersüchtig machen wollte."

Ann-Marie betrachtete gelangweilt ihre abgebissenen Fingernägel.

„Ich weiß, ich rede zuviel. Das müssen die Nerven sein. Aber du wolltest ja unbedingt hören, wie es mir in den vergangenen Jahren gegangen ist. Jedenfalls war ich gern allein unterwegs, gewöhnte mich bald daran, nachts mit dem Leben zu beginnen, und trank täglich. Meistens fing ich schon am Morgen mit dem Trinken an. Ich besuchte immer dieselben Bars. Die Kellner behandelten mich bereits wie eine alte Bekannte und stellten mir unaufgefordert ein Achtel Wein hin. Ich unterhielt mich mit jedem, der mich ansprach, ja ich sprach selbst oft wildfremde Leute an. Und es kümmerte mich wenig, wenn ich meine Gesprächspartner langweilte. Hin und wieder traf ich Bekannte, ehemalige Kollegen von der Akademie oder sogenannte Geschäftsfreunde, und ließ mich von ihnen langweilen. Zu später Stunde zog ich mich dann, mit einem Glas in der Hand, in die dunkelste Ecke der Bar zurück, wo ich von niemandem gesehen werden konnte, und betrank mich still und leise. Obwohl mich diese nächtlichen Streifzüge anödeten, war ich doch immer unter den letzten, die das Lokal verließen."

„Und wie ging's dir mit den Männern? Du willst mir doch nicht weismachen, daß du in all den Jahren keine einzige Affäre gehabt hast."

„Äußerst selten, höchstens ein-, zweimal im Jahr ergaben sich vielleicht ein paar Stunden in einem kalten Hotelbett oder in einer fremden, ungemütlichen Wohnung. Mein Typ ist nicht mehr gefragt. Ich gehöre schon zu den ‚Auslaufmodellen', wie es ein besonders charmanter Herr einmal formuliert hat. Viel zuviele junge Mädchen in superkurzen Minis, mit tiefem Schwarz auf den Lidern und knalligem Rot auf den Lippen sind heutzutage des Nachts allein unterwegs. Außerdem habe ich, wie du weißt, ein besonderes Faible für einen ganz bestimmten Typ."

„Du meinst, du fällst immer noch auf die gleichen Typen rein?"

„So könnte man es auch ausdrücken. Mich interessieren halt nur diese sogenannten Versager. Was soll ich tun? Ich liebe nun einmal unangepaßte, melancholische und zynische Männer. Komischerweise ist Alfred das genaue Gegenteil. Sein ungebrochener Optimismus und seine naive Fortschrittsgläubigkeit machen mich rasend. Ich habe immer gedacht, Optimismus wäre vor allem ein Zeichen von Arglosigkeit, doch in seinem Fall hat es eine Menge mit Unempfindlichkeit zu tun. Leider waren auch diese tiefen, schwermütigen Männer oft eine Enttäuschung für mich. Sie steckten mich mit ihrer Kaputtheit an, ich fühlte mich ihnen verwandt, aber das begriffen sie nie. Sie hielten mich für eine starke, erfolgreiche Frau und benützten mich, luden nur auf mir ab, laugten mich aus, ja saugten mich richtiggehend aus. Irgendwann begriff ich, daß sich die Männer, die ich in den diversen Lokalen kennenlernte, im Grunde auch nicht so sehr von dem Prachtexemplar unterschieden, das ich zu Hause sitzen hatte. Eitel, selbstgefällig und nur auf ihr eigenes Vergnügen bedacht, leerten sie Bier und Wein in sich hinein, bis sie nicht mehr gerade stehen konnten und sich an die Theke klammern mußten."

„Arme Schweine", stellte Ann-Marie nüchtern fest.

Froh, endlich mit jemandem ausführlich über dieses furchtbare Unglück reden zu können, ist Frau Maricek nicht mehr zu bremsen. Ihre Wangen haben sich gerötet, und vor Aufregung vergißt sie sogar auf ihre Tränen.

„Bestimmt hätte sie die Wohnung nicht ewig behalten, sondern nur solange ihr Mann nichts anderes gefunden hat, nehme ich an. Übrigens ist sie an jenem Sonntag keineswegs traurig gewesen, im Gegenteil, sie hat gestrahlt wie eine junge Braut."

Ann-Marie findet diesen Vergleich etwas eigenartig, sagt aber nichts.

„Sie hat versprochen, mir aus New York zu schreiben, und dem Buben wollte sie ein paar Aufkleber für sein Moped schicken. Nein, sie hat wirklich keinen Grund gehabt, sich umzubringen. Deshalb bin ich auch aus allen Wolken gefallen, als ich erfahren hab, daß es Selbstmord gewesen sein soll. Ich kann das einfach nicht glauben."

Sie spricht das Wort „Selbstmord" beinahe ehrfürchtig aus.

„Möchten Sie wissen, was ich glaube? – Wahrscheinlich ist sie spät abends noch einmal hinaus auf die Terrasse gegangen, um einen letzten Blick auf ihre geliebte Heimatstadt zu werfen, um Abschied zu nehmen, sozusagen."

Frau Maricek scheint sehr gefühlvoll und romantisch veranlagt zu sein.

„Sie war nicht schwindelfrei und hat das Übergewicht gekriegt. So und nicht anders muß es passiert sein, das steht für mich fest. Ich weiß, daß Frau Anna kein religiöser Mensch war, aber sich aus dem siebten Stock hinunterstürzen, nein, dazu wäre sie niemals fähig gewesen. Irgendwo glaubt doch ein jeder ..."

Anna reagierte sehr aufgebracht.

„Sicher, manche von ihnen sind auch einsam, aber ihre Einsamkeit interessiert mich nicht. Ich habe nicht die Zeit, und selbst wenn ich sie hätte, würde ich sie heute kaum mehr darauf verwenden, mich mit ihnen abzugeben. Ich verspüre nicht die geringste Lust, mir stundenlang Monologe anzuhören. Mitleid kann ich mir nicht leisten. Sie begreifen einfach nicht, daß eine Frau nicht mehr von ihnen will als eine schöne Nacht. Immer wieder versuchten sie, mich in die Rolle der armen, verlassenen Frau, die sich nach einer dauerhaften Beziehung sehnt, zu drängen. Krampfhaft bemühten sie sich um Distanz, zum Beispiel bestellten sie mitten in der Nacht ein Taxi oder verließen am nächsten Morgen überstürzt das Hotel."

„Die Ängste der Männer ..."

„Na und? Was geht mich das an? Habe ich den einen oder anderen später wieder getroffen, was sich kaum vermeiden läßt, da immer dieselben Leute in denselben Lokalen verkehren, so hat er meistens nur ein knappes, arrogantes Nicken für mich übrig gehabt. Ich habe mich auch damit abgefunden und pflege solche Zeitgenossen heute einfach zu ignorieren. Mich ärgert nur, daß all diese Männer in meinem Alter, egal ob mit Glatze oder Bauch, noch immer Chancen bei den jungen Mädchen haben, während eine Frau wie ich es so gut wie nie schafft, sich einen gutaussehenden, jungen Burschen anzulachen."

„Vielleicht bist du zu wählerisch. Ich habe mit jüngeren meistens Glück. Sie sind unkomplizierter, auch im Bett."

„Du hast leicht reden, dir werden die Männer noch in den Schoß fallen, wenn du längst über achtzig bist."

Ann-Marie bleiben Frau Maríceks moralische Ansichten erspart, da der Sohn den Redefluß seiner Mutter unterbricht.

„Blödsinn! Vielleicht ist es weder ein Unfall noch ein Selbstmord gewesen."

„Halt den Mund, dummer Bub, du verstehst gar nichts", weist ihn seine Mutter scharf zurecht.

Aber Ann-Marie blickt ihn auffordernd an und fragt: „Warum glaubst du nicht an einen Selbstmord?"

„Ich will mir lieber nicht die Zunge verbrennen, und es geht mich eigentlich auch gar nichts an, aber kommt Ihnen die ganze Geschichte nicht auch ein bißchen spanisch vor? Warum hätte sie ausgerechnet in der Nacht, bevor sie diese ganze Scheiße hier endlich hinter sich lassen würde, hinunterspringen sollen? Ich kapier's jedenfalls nicht."

„Sei still, wenn dich jemand hört", zischt Frau Maricek und sagt zu Ann-Marie: „Hören Sie nicht auf ihn. Er besitzt eine rege Phantasie und schaut zu viel fern."

Aber der Junge läßt sich nicht beirren.

„Ich hab mir nachher das Geländer angeschaut, so leicht fällt da keiner hinunter, selbst wenn einem schwindlig wird, außer ...“

Sein bedeutungsvoller Blick hätte Ann-Marie in jeder anderen Situation zum Lachen gereizt, aber jetzt ist ihr nicht nach lachen zumute.

„Außer?“

„Machen Sie sich selbst ein Bild. Ich weiß, was ich gesehen habe, und das genügt mir.“

Er scheint Angst vor seiner eigenen Courage zu bekommen und greift rasch nach seinem Bier. Die entrüstete Frau Maricek bemüht sich, seine Worte zu entkräften.

„Der Bub will sich nur wichtig machen. Außerdem steckt er seine Nase andauernd in diese Schundhefteln.“

Sie redet und redet, Ann-Marie kann ihr kaum mehr folgen.

„Während der letzten Wochen ging ich abends nur mehr selten aus. Mir war von Anfang an bewußt, daß ich in diesen Bars nur dem Alleinsein entkommen wollte. Unter anderen empfand ich meine Einsamkeit weniger bedrohlich, ertränkt in Alkohol schien sie mir erträglicher. Was für ein Trugschluß! Am nächsten Morgen fühlte ich mich dann doppelt allein. Ich lief ziellos herum, versuchte einmal dies und einmal das, wollte alles ausprobieren, auskosten, besser gesagt, und landete doch immer wieder bei mir selbst.“

„Ich glaube, du bist ständig von einer Sache zur anderen geflüchtet, weil du gar nicht gewußt hast, was du eigentlich suchst. Du bist immer irgendwelchen Erfahrungen hinterhergelaufen und hast sie im Grunde nicht wirklich gemacht.“

„Wo hast du das gelesen? – Na? – Auch egal, vielleicht hast du sogar recht. Jedenfalls zog ich in letzter Zeit die Gesellschaft meines Fernsehapparates vor, und wenn Alfred einmal einen Abend zu Hause verbrachte, versuchte ich, ernsthaft mit ihm zu reden. Nach ein paar gescheiterten Versuchen gab ich auf und beschäftigte mich fortan nur mehr mit mir selbst, schmiedete Pläne, machte Aufzeichnungen, zum Beispiel entwarf ich Skizzen von unserer zukünftigen Wohnung in New York. Ich lebte nur mehr für meine Träume, rechnete aus, wieviel Geld mir nach dem Verkauf des Büros zur Verfügung stehen würde, erstellte ein Jahresbudget, verwarf es wieder und konzipierte ein neues. Ich bewahrte diese Notizen in meiner verschließbaren Schreibtischlade auf, aus Angst, Alfred könnte sie in die Finger bekommen. Aber er dachte nicht im Traum daran, sich für meine Angelegenheiten zu interessieren. Die kleinen, eifersüchtig gehüteten Geheimnisse seiner Frau schienen ihm wohl zu unwesentlich, als daß er sich die Mühe gemacht hätte, in meinen Sachen herumzuschnüffeln."

Anna rauchte hastig. Sie klammerte sich an die Zigarette, als ob sie Unterstützung von ihr erhoffte. Obwohl es noch nicht einmal zwölf Uhr war, hatte sie bereits ein halbes Päckchen geraucht. Ann-Maries forschender Blick machte sie noch nervöser. Sie wußte, daß ihre Freundin nur darauf wartete, daß sie endlich erklären würde, was sie in ihrem Brief nur angedeutet hatte.

In ihrem Kopf dreht sich alles. Sie spürt das kleine Bier, das sie auf nüchternen Magen getrunken hat. Unlustig kaut sie an einer trockenen Semmel. Dem Ober, der ihr ein Tablett mit erlesenen Fleischstücken reicht, gibt sie wieder einen Korb.

Ein schlanker, graumelierter Herr kommt auf sie zu und begrüßt sie freundlich.

„Ich glaube, wir kennen uns. Mein Name ist Paul, und Sie sind Annas Freundin aus New York?"

Ann-Marie erwidert seinen Händedruck und mustert ihn ungeniert.

Und ob sie ihn kennt! Als junges Mädchen ist sie schwer in ihn verliebt gewesen, aber das kann er natürlich nicht wissen. Obwohl er bestimmt schon auf die Sechzig zugeht, ist er immer noch ein schöner Mann.

Sonnengebräunt, durchtrainiert, wie ein in die Jahre gekommener Playboy eben.

Sie schenkt ihm ein trauriges Lächeln und fordert ihn auf, neben ihr Platz zu nehmen. Am unteren Ende der Tafel sind viele Stühle frei.

Sie stellt ihm keine Fragen, sondern läßt ihn einfach reden.

Doch mit ihm würde sie kein so leichtes Spiel haben wie mit den Mariceks, das wird ihr schon nach seinen ersten Worten klar.

Er erkundigt sich höflich nach ihrem Leben in New York, spricht über Wien, das Wetter ...

Ann-Marie gähnt gelangweilt, rutscht unruhig auf ihrem Stuhl hin und her, und während sie noch überlegt, wie sie das Gespräch möglichst geschickt auf das ‚Unglück' bringen könnte, tastet er sich bereits vorsichtig an dieses heikle Thema heran.

Er findet sehr warme Worte für Anna.

Ist er etwa in die Tochter seines ehemaligen Chefs verliebt gewesen?

„Sie hat phantastisch ausgesehen, als ich sie das letzte Mal sah. Die Freude auf ihr neues Leben – wie sie sagte – hat ihre Züge weicher, fraulicher gemacht. Als wir den Vorvertrag über den Verkauf des Büros abgeschlossen haben, war sie so gut gelaunt wie schon lange nicht mehr. Deshalb verstehe ich auch nicht, warum sie es nachher wieder bereut haben sollte. Ich habe ihr eine ziemlich hohe Summe in bar angeboten, den Rest hätte ich ihr, nach dem endgültigen Vertragsabschluß, in monatlichen Raten nach New York überwiesen. Wir haben ausgemacht, daß der Name ‚Beckmann' beibehalten wird, zumindest auf dem Firmenschild."

Ann-Marie interessiert sich zwar nicht für diese geschäftlichen Angelegenheiten, hütet sich aber, ihn zu unterbrechen.

„Dein Schweigen macht mich ganz nervös", sagte Anna.

„Ich war schon immer eine große Schweigerin vor dem Herrn."

Anna lachte gereizt und schenkte ihrer Freundin, die nach wie vor auf dem Geschirrspüler saß und ihre Beine baumeln ließ, einen mißbilligenden Blick.

Ann-Marie war zu klein, um mit den Beinen den Boden zu erreichen. Sie sprang hinunter.

„Hast wohl Angst, daß er unter meinen Körpermassen zusammenkracht?"

„Blödsinn."

„Laß uns eine Kleinigkeit essen, mir knurrt schon der Magen. Ich habe dieses grauenhafte Plastikfrühstück im Jumbo kaum angerührt. Stell dir vor, die haben uns kaltes Huhn serviert."

Sie schüttelte sich vor Abscheu. Ann-Marie mochte keine Hühner, weder tot noch lebendig.

Anna schien froh über die Unterbrechung ihres Gespräches. Sichtlich erleichtert begann sie den Tisch zu decken.

Der Thunfischsalat schmeckte so gut, wie er aussah. Als Nachtisch gab es französischen Käse. Ann-Marie stürzte sich auf das Schwarzbrot.

„So tolles Brot wie in Wien habe ich nirgends gefunden, nicht einmal bei meinem italienischen Bäcker ‚Vesuvio' in der Columbia Street."

Sie plauderten eine Zeitlang übers Essen, schimpften auf die amerikanische Küche und lobten die österreichische.

Anna räumte das schmutzige Geschirr in den Geschirrspüler, dann setzte sie sich wieder hin, rauchte eine Zigarette und meinte zögernd: „Zeit für ein Mittagsschläfchen?"

„Kommt überhaupt nicht in Frage. Ich fühle mich total fit. Erzähl mir jetzt endlich, was du vorhast, ich platze schon vor Neugier."

„Das ist nicht so einfach, stell mir lieber Fragen."

„Gut. Also, denkst du im Ernst daran, das Büro zu verkaufen?"

„Ja."

„Das wird ein harter Schlag für Alfred sein, er fühlt sich doch schon seit Jahren als großer Chef."

„Das ist sein Problem."

„Und du willst auch die Wohnung aufgeben?"

„Ja."

So ging es nicht. Dieses Frage-Spiel führte zu nichts. Annas knappe Antworten genügten ihr nicht.

„Entweder du verrätst mir jetzt deine Pläne oder du läßt es bleiben. Wir können auch weiter über alte Zeiten plaudern und gemeinsam über unsere Jugendstreiche lachen, aber deswegen bin ich eigentlich nicht nach Wien gekommen. Ich verstehe dich nicht, zuerst schreibst du, daß du unbedingt mit mir reden mußt, alles mit mir besprechen willst, daß deine ganze

Zukunft davon abhänge und was weiß ich noch, und wenn du endlich die Möglichkeit hast, über alles zu reden, dann schweigst du dich aus."

„Verzeih mir, aber ich weiß nicht, wie ich es dir erklären soll. Seit wir uns zum letzten Mal gesehen haben, ist soviel passiert. Du mußt mir ein bißchen Zeit lassen."

„Hast du noch ein Bier für mich? – Im Kühlschrank? Bleib sitzen, ich bedien' mich selbst."

Ann-Marie nahm auch für Anna ein sauberes Glas aus dem Schrank und holte den Wein aus dem Wohnzimmer.

„Vielleicht löst der Alkohol deine Zunge."

Eine kleine Ewigkeit verging, ohne daß Anna den Mund aufmachte. Schließlich wurde es Ann-Marie zu dumm, sie zündete sich eine Zigarette an und schenkte ihrer Freundin ein aufmunterndes Lächeln.

„Du willst dich also von Alfred trennen?"

Sie fürchtete, wieder mit einer kurzen Antwort abgefertigt zu werden.

„Ich habe keine Ahnung, wie es jetzt weitergehen soll, nehme aber an, daß Alfred aus den Verträgen wieder aussteigen möchte."

Paul weicht Ann-Maries Blicken aus.

„Eine komplizierte Geschichte. Eigentlich habe ich nicht die geringste Lust, ihn weiterwirtschaften zu lassen. Ich traue ihm, unter uns gesagt, nicht zu, daß er das Büro wieder auf die Höhe bringt. Und es wäre schade um diese renommierte Firma."

Ann-Marie pflichtet ihm bei.

„Mit Hilfe eines geschickten Anwalts könnte es ihm gelingen, den Verkauf rückgängig zu machen. Nun, man wird sehen. Heute ist nicht der geeignete Zeitpunkt, um solche Transaktionen zu besprechen. Keinesfalls aber werde ich zulassen, daß man Annas Entscheidung im nachhinein ihrer angeblichen Unzurechnungsfähigkeit zuschreibt. Dagegen werde ich mich mit allen Mitteln, die mir zur Verfügung stehen, wehren. Anna war sich der Folgen ihrer Handlungsweise voll bewußt. Umso mehr ich darüber nachdenke, desto überzeugter werde ich, daß sie erleichtert war, das Büro loszuwerden."

Ann-Marie stimmt ihm wieder zu, scheint aber in Gedanken nicht recht bei der Sache zu sein.

„Hat sie die schöne Wohnung auch aufgeben wollen?", fragt sie, nur um das Gespräch in Gang zu halten.

Paul räuspert sich betreten und antwortet erst nach einer kleinen Pause.

„Ja, ich hätte sie später übernehmen sollen. Sie wollte Alfred nicht von heute auf morgen auf die Straße setzen. Aber in etwa einem halben Jahr hätte ich die Räume dazubekommen und sie ebenfalls zu Ateliers umgebaut. Ich habe vorgeschlagen, daß sie wenigstens ihr kleines Studio behalten sollte, aber sie hat dieses Angebot abgelehnt. Dennoch beschloß ich, diesbezüglich eine Klausel in den Vertrag aufzunehmen. Wer weiß, vielleicht wäre sie eines Tages doch wieder zurückgekommen und froh gewesen, fürs erste ein Dach über dem Kopf zu haben."

Seine Fürsorglichkeit rührt Ann-Marie.

„Völlig sinnlos, sich jetzt noch Gedanken darüber zu machen."

„Ja, weil ich ihn nicht mehr liebe. Vielleicht habe ich ihn nie geliebt, aber darum geht es gar nicht. Ich ertrage einfach seinen Anblick nicht mehr. Ich habe lang genug gewartet, eine Menge Geduld aufgebracht, nicht nur mit Alfred, sondern auch mit mir selbst, mit meiner eigenen Unentschlossenheit. Er hintergeht mich seit Jahren, gleich nach der Hochzeit fing er damit an. Diese Monikas, Marias, Silvias ..., zum Glück kann ich mich nicht mehr an alle erinnern. Sie kamen und gingen, manche rasch, manche hielten sich länger. Anfangs haßte ich es, eine betrogene Ehefrau zu sein. Da ich mich aber nie besonders für die Liebe begeistern konnte, begannen mich seine Bettgeschichten bald zu langweilen. Große Leidenschaften finde ich zwar auf der Leinwand ungeheuer aufregend, aber für mich beanspruche ich sie nicht. Ich finde, sie ersparen uns nur, daß wir uns mit uns selbst beschäftigen. Es wäre übertrieben, wenn ich behauptete, daß ich ihm sein Vergnügen gönnte, so weit ging meine Toleranz nun auch wieder nicht, aber ich unternahm nichts gegen seine billigen Affären. Es störte mich nicht einmal, daß sie im Büro über mich tuschelten. Einige hatten vielleicht Mitleid mit mir, die anderen ergötzten sich an ihrer Schadenfreude. Daß er sich nun diese Margot anlachte, spielt keine Rolle. Sie oder eine andere, was macht das für einen Unterschied? Obwohl ich den Eindruck habe, daß es sich dieses Mal um etwas Ernsteres handelt. Keine seiner früheren Beziehungen dauerte länger als drei bis vier Wochen. Mit Margot ist er nun schon seit letztem Sommer zusammen. Sie ist eine sehr energische junge Frau, die genau weiß, was sie will. Klein, aber zäh, wenn du verstehst, was ich meine. Sie hat nichts von der Großzügigkeit und Gutmütigkeit, die Frauen unserer Generation und vor allem unserer Statur auszeichnen. Mit krankhaftem Ehrgeiz verfolgt sie rücksichtslos und berechnend ihre Ziele – auf die alte Weibchentour natürlich. Zum Beispiel hat sie einen unserer besten Architekten hinausgeekelt und dann, ohne mit der Wimper zu zucken, seinen Platz eingenommen. Damals habe ich sie noch nicht durchschaut, ich bin keine besonders gute Menschenkennerin, wie du weißt. Ich habe sie für eine begabte junge Frau gehalten und ihr eine Chance geben wollen. Sie hat nicht nur ihre Chance genützt, sondern sich auch meinen Mann geangelt. Und inzwischen hat ihre Tüchtigkeit gehörig nachgelassen. Sie meldet sich häufig krank und setzt Alfred Flöhe ins Ohr."

Ann-Marie runzelt die Stirn.

„Hat Anna eigentlich ein Testament hinterlassen?"

„Nein, soviel ich weiß nicht."

„Auch keinen Abschiedsbrief?"

„Nein. Aber interessant, daß Sie danach fragen. Ich finde es, gelinde ausgedrückt, eigenartig. Man sollte doch annehmen, daß sie zumindest ihrem Mann ein paar Zeilen schuldig gewesen wäre."

Dem am allerwenigsten, denkt Ann-Marie, behält aber diesen Gedanken für sich und sagt: „Vielleicht findet sich noch ein Brief oder irgendein anderer Hinweis. Ich werde Alfred bitten, mir zu erlauben, ihre Sachen durchzusehen. Ich bezweifle, daß die Polizei die Wohnung gründlich durchsucht hat. Selbstmorde sind für die Behörden nicht besonders aufregend."

Entweder hat Alfred seinen Namen gehört oder er hat gespürt, daß von ihm die Rede ist, jedenfalls unterbricht er ihr Gespräch.

„Sondert euch nicht so ab, ihr beiden, setzt euch herauf zu uns."

Er scheint bereits ein paar Gläschen zuviel getrunken zu haben.

Paul und Ann-Marie wechseln einen vielsagenden Blick, kommen aber seiner Aufforderung nach.

Sie verabschiedet sich von den Mariceks, die gerade gehen wollen. Dem Jungen klopft sie freundschaftlich auf die Schulter. Er ruft ihr halblaut nach: „Sie sind okay, die andere war auch schwer in Ordnung, obwohl sie Geld wie Heu hatte."

„Geld, Geld, Geld, für ihn dreht sich immer alles nur ums Geld", sagte Anna.

„Mein lieber Ehemann verlangt plötzlich als gleichberechtigter Partner am Büro beteiligt zu werden. Er begründet seine Forderung damit, daß er einen Großteil der Arbeit erledigt – wofür er übrigens ausgezeichnet bezahlt wird, das möchte ich nur nebenbei bemerken. Immer wieder bekomme ich zu hören, daß ich den Laden ohne ihn schon längst hätte dichtmachen müssen. Vielleicht hat er sogar recht. Er vergißt nur, daß er seit Jahren in die eigene Tasche wirtschaftet. Ich bin ihm erst vor kurzem, als die Steuerprüfer da waren, auf die Schliche gekommen. Er kümmert sich um die Aufträge, zahlt großzügige Provisionen, natürlich von meinem Geld, und steigt selbst recht gut dabei aus. Ich nehme an, er hat sich bereits eine hübsche Summe beiseite gelegt."

„Das kann ich mir gut vorstellen."

„Obwohl, die wirklich großen Aufträge sind seit Vaters Tod ausgeblieben. Zuerst gab ich ausschließlich meiner eigenen Unfähigkeit die Schuld daran. Nach dem Tod meiner Mutter bemühte ich mich sehr um ein besseres Verhältnis zu meinem Vater. Soweit ich mich erinnern kann, ist unsere Beziehung immer sehr ambivalent und auch spannungsgeladen gewesen. Als wir beide dann allein waren, fühlte ich mich ihm so nahe wie nie zuvor und hatte wahnsinnige Angst, auch ihn zu verlieren. Ich merkte plötzlich, wie sehr ich ihn brauchte, und konnte mir ein Leben ohne ihn nicht vorstellen. Doch uns blieb nicht viel Zeit miteinander, knapp zwei Jahre nach Mamas Tod starb auch er. Und ich verlor völlig den Kopf, fühlte mich verraten durch seinen Tod, kam mir total ausgeliefert vor und sah keinen anderen Ausweg, als mich selbst umzubringen. Aber nicht einmal dazu war ich fähig. Meine dilettantischen Versuche, zum Beispiel diese leidige Tablettengeschichte, waren eher lächerlich als lebensgefährlich. Ich hatte einfach Angst, Angst vor den Menschen, vor meiner Arbeit, vor dem Leben. Tage-, nein, wochenlang verließ ich nicht das Haus. Damals stand mir Alfred bei. Er kam mir wie ein Fels in der Brandung vor, und ich klammerte mich an ihn, brauchte ihn mindestens ebenso sehr wie er mich. Außer ihm hatte ich keine Freunde, sondern nur Bekannte, denen meine so offen zur Schau gestellte Traurigkeit unangenehm war. Auch du warst nicht da, Annemarie, um mit mir zu weinen, um mich in die Arme zu nehmen und zu trösten. Versteh mich bitte nicht falsch, ich mache dir keinen Vorwurf. Du bemühtest dich damals gerade, in New York Fuß zu fassen, hattest kein Geld, nicht einmal eine eigene Wohnung. Ich hätte dir einfach ein Ticket schicken sollen, anstatt dich auf der Avenue of the Americans Fruchtsäfte verkaufen zu lassen. Aber ich war nicht fähig zu schreiben, meine Finger waren wie gelähmt. Ich schloß mich ein mit meiner Angst und widmete mich ausschließlich meinem Schmerz."

Alfreds Trauer scheint sich in Grenzen zu halten, denkt Ann-Marie.

Der Anblick des vor Gesundheit nur so strotzenden Mannes bereitet ihr geradezu körperliches Unbehagen. Sie muß sich sehr zusammennehmen, um höflich zu bleiben.

Die Frau an seiner Seite ist bestimmt diese Margot.

Sie wird gleich noch eine Spur aggressiver.

Tatsächlich besitzt er die Unverschämtheit, sie seiner Geliebten vorzustellen.

„Das ist die beste Freundin meiner verstorbenen Gattin, ich habe dir schon von ihr erzählt."

Seine Unverfrorenheit bringt Ann-Marie gehörig aus der Fassung. Sie übersieht demonstrativ die ausgestreckte Hand der fremden Frau, holt sich einen Stuhl und setzt sich neben Alfred.

Zum Glück wird von ihr nicht erwartet, daß sie viel sagt. Alfred bestreitet die Unterhaltung allein. Nur manchmal, wenn er es gar zu arg treibt und zu vergessen scheint, daß heute seine Frau begraben wurde, wird er von seiner Begleiterin sanft zurechtgewiesen.

Daß er nicht den todunglücklichen Witwer spielt, spricht eigentlich für ihn. – Aber wahrscheinlich weiß er selbst, daß er ein miserabler Schauspieler ist.

Er spricht zuerst kaum von Anna, sondern mehr über sich selbst und die schwierige Lage, in die sie ihn durch ihren Tod gebracht hat. Als er anfängt über ihre schlimmen Depressionen zu klagen, verläßt Ann-Marie wütend das Extrazimmer.

Alfred ist ihr schon immer unsympathisch gewesen, aber heute bietet er eine Glanzleistung an Widerlichkeit. Sie fragt sich, ob Anna die Scheidung bereits eingereicht hat.

Es würde zwar jetzt nichts mehr ändern – er erbt wahrscheinlich sowieso alles –, aber wissen möchte ich es doch. Ich werde Paul fragen oder am besten gleich den Anwalt. Das muß der Hagere mit dem komischen Hut und der schwarzen Krawatte sein. Er sieht ziem-

lich griesgrämig aus und trinkt die ganze Zeit nur Milch. Bestimmt leidet er an einem Magengeschwür. Kein Wunder bei diesem Job.

Trotzdem beschließt sie, seine Bekanntschaft zu machen.

„Ich kannte Alfred nicht besonders gut. Er war mir nie aufgefallen, weder positiv noch negativ. Ich behandelte ihn wie alle anderen Angestellten, höflich und distanziert. Aber als Papa starb, kümmerte er sich als einziger um mich. So viel Mitgefühl und Verständnis wie er mir gegenüber aufbrachte, würde man ihm gar nicht zutrauen. Heute neige ich allerdings dazu, ihm zu unterstellen, daß sein aufmerksames und rücksichtsvolles Verhalten nur gespielt war, ein raffiniertes Spiel, um mich für sich zu gewinnen. Vielleicht bin ich auch ungerecht. Aber schließlich war ich keine schlechte Partie. Er ließ mich keinen Abend allein, saß stundenlang bei mir zu Hause herum, hörte sich meine stereotypen, sich ständig wiederholenden Klagen an oder versuchte, mich mit lustigen Anekdoten abzulenken. Zumindest amüsierten sie mich damals. Heute nervt mich sein Gerede nur mehr. Später führte er mich dann aus in teure Restaurants – er legte schon damals großen Wert auf gutes Essen – und leistete mir auch an den endlos langen Wochenenden Gesellschaft. Er drängte mich nicht, sondern ertrug geduldig meine Anfälle von Arbeitswut, ich stürzte mich in die Arbeit, um zu vergessen, und er unterstützte die aussichtslosesten Projekte, in die ich mich voller Verzweiflung einließ. Erst als ich mich so an ihn gewöhnt hatte, daß er mir richtig abging, wenn er einmal einen Abend nicht mit mir verbrachte, begann er von Liebe zu sprechen. Natürlich konnte und wollte ich, ehrlich gesagt, zu diesem

Zeitpunkt nicht mehr nein sagen. Ich hatte nicht allzu viel Erfahrung auf sexuellem Gebiet. Außer den paar flüchtigen Abenteuern während meiner Studienzeit, als du so gnädig warst, mir deine Liebhaber zu überlassen, wenn du ihrer überdrüssig wurdest, hatte ich keine Beziehungen, nicht einmal schlechte. Alfred sah früher nicht übel aus. Seine Grobschlächtigkeit hielt ich für männlich. Naiv, wie ich damals war, dachte ich, mich glücklich schätzen zu können, daß sich so ein gescheiter, einfühlsamer und noch dazu gutaussehender Mann ernsthaft für mich interessierte. Selbst seine großen Sprüche erschienen mir liebenswert, ich schrieb sie seiner Unsicherheit zu. Anfangs machte es mir sogar gewissen Spaß, mit ihm zu schlafen, bis ich begriff, daß er meine Unerfahrenheit schamlos ausnützte, mir beibrachte, einen Mann zu verwöhnen, ohne daß ich je wirklich auf meine Kosten kam. Nach relativ kurzer Zeit begann ich, mich mit ihm zu langweilen. Er warf mir vor, mechanisch wie ein Automat zu reagieren und beschuldigte mich, kalt und gefühllos zu sein. Ich ließ seine Kritik ebenso schweigend über mich ergehen wie seine Liebe. Es war zu spät. Wir waren bereits verheiratet, und die Dinge nahmen ihren Lauf. Meine Eifersucht hielt sich, wie ich dir schon sagte, in Grenzen. Seine Affären störten mich nur zu Anfang, kränkten mich in meiner Eitelkeit. Später war ich froh, wenn er sich woanders abreagierte und mich in Ruhe ließ. Der Gedanke an eine Scheidung kam mir aber nie.“

Ann-Marie geht wieder hinein und steuert geradewegs auf den vermeintlichen Rechtsanwalt zu.

„Entschuldigen Sie, sind Sie der Anwalt meiner Freundin Anna, Anna Beckmann, gewesen?“

Er blickt überrascht auf und scheint erst nach ein paar Sekunden seine Sprache wiederzufinden.

„Ja, mein Name ist Doktor Gerlich."

„Ann-Marie Jonas."

Sie reicht ihm die Hand.

„Haben Sie ein paar Minuten Zeit für mich? Ich möchte etwas mit Ihnen besprechen. Wenn Sie mich vielleicht auf einen kleinen Spaziergang begleiten würden? Es hat zu regnen aufgehört, ich bin gerade draußen gewesen."

Ohne seine Antwort abzuwarten, begibt sie sich zur Tür. Will er nicht total unhöflich erscheinen, bleibt ihm nichts anderes übrig, als ihr zu folgen. Widerwillig erhebt sich der große, dünne Mann von seinem Stuhl, greift nach seinem Hut und verläßt zusammen mit Ann-Marie das Lokal.

Alfred, der die kleine Szene beobachtet hat, ruft ihnen nach: „Ann-Marie, wohin entführst du denn unseren lieben Doktor?"

Sie würdigt ihn keiner Antwort, sondern redet leise auf den Anwalt ein.

Herrn Gerlich sind ihre Fragen offensichtlich sehr unangenehm. Er beruft sich auf seine berufliche Schweigepflicht, nennt sie herablassend „Fräulein Jonas" und schlendert lustlos neben ihr durch den Park.

Doch so leicht läßt sie nicht locker.

„Ich will doch nur von Ihnen wissen, ob sie mit Ihnen über eine Scheidung gesprochen hat."

Er windet sich wie ein Aal.

„Haben Sie für Anna die Scheidung eingereicht, ja oder nein?"

„Eingereicht noch nicht, aber sie hat mit mir darüber gesprochen, das ist richtig. Ich sollte alles vorbereiten und am Tag ihrer Abreise zu Gericht gehen."

Er spricht genauso umständlich wie er aussieht, und das soll ein guter Anwalt sein?

„Hat ihr Mann Bescheid gewußt?"

„Das nehme ich doch an. Ich habe allerdings noch keine Gelegenheit gehabt, mit ihm diese Angelegenheit zu besprechen. Angesichts der jetzigen Situation scheint es mir eher pietätlos, dieses Thema anzuschneiden."

Er straft Ann-Marie mit einem mißbilligenden Blick. Ihre Versuche, mehr von ihm zu erfahren, scheitern; er entzieht sich ihren hartnäckigen Fragen, indem er vorschlägt, wieder zu den anderen zurückzukehren.

„Ehescheidungen sind immer eine sehr heikle Sache", bemerkt er geistesabwesend, als sie hineingehen.

„Wieso heikel? Sie leben schließlich davon."

Er schenkt ihr noch einen bösen Blick. Doch sie hat nun einmal beschlossen, ihn nicht in Frieden zu lassen.

„Ist es nicht völlig normal, daß man sich scheiden läßt, wenn man sich auseinandergelebt hat?"

„Ich hatte das Gefühl, eine stinknormale Ehe zu führen. Bald nach der Hochzeit verbrachte ich die meisten Abende allein. Manchmal genieße ich es, allein zu sein. Ich krame gern ungestört in meinen alten Sachen herum und kann dann all das tun, wozu ich gerade Lust habe, ohne mit scheelen Blicken oder abfälligen Bemerkungen bedacht zu werden. Im Lösen von Kreuzworträtseln habe ich es inzwischen zu echter Meisterschaft gebracht. Ich war also froh, wenn Alfred nicht zu Hause war und mir seine albernen Geschichten, die ich bereits auswendig kannte, erspart blieben. Er jammerte ständig, daß er zuwenig Geld zur Verfügung hätte, und preßte immer mehr aus mir heraus. Einmal mußte es unbedingt ein Alfa Romeo sein, ein anderes Mal eine teure Kamera. Dabei kann er überhaupt nicht fotografieren, eine ordinäre Pocketkamera hätte für seine Zwecke völlig gereicht. Seine Geldgier ist allerdings noch das geringste Übel. Wesentlich schlimmer ist, daß mir vor ihm ekelt. Wenn erlacht, zeigt er seine schlechten Zähne, und beim Essen rülpst er wie ein Schwein. Natürlich nur daheim, vor anderen weiß er sich zu benehmen. Seine wulstigen Lippen und seine feisten, geröteten Wangen stoßen mich ab. Mir graut vor jedem Kuß. Sein Atem stinkt ständig nach Wein. Die groben, stark behaarten Hände jagen mir Angst ein. Er hat nie gewagt, mich zu schlagen, aber er zertrümmert mit Vorliebe Dinge, an denen ich besonders hänge. Ich habe jede Kleinigkeit, die mir von meinen Eltern geblieben ist, aufbewahrt. Er bezeichnet diese Sachen als meine ‚Fetische', und es bereitet ihm ein geradezu sadistisches Vergnügen, alte, verblichene Erinnerungsfotos vor meinen Augen zu zerreißen. Vor nichts macht er halt, chinesische Vasen und Jugendstilgläser haben ebenso dran glauben müssen wie das Kaffeeservice meiner Großmutter. Ich wehre mich kaum gegen seine Grausamkeit, räche mich aber, indem ich ihn meine Verachtung spüren lasse. Mein Verhalten gibt ihm das Gefühl, mir unterlegen zu sein. Und genau das will ich ihn spüren lassen. Er beklagt sich oft über mein Desinteresse an ihm. Bei jeder Gelegenheit kann ich mir anhören, wie frigid und frustriert ich sei. Er schreckt nicht einmal davor zurück, es anderen zu erzählen. Kannst du dir das vorstellen?"

Sie blickte Ann-Marie fragend an. Aber ihre Freundin zuckte nur gleichgültig mit den Schultern.

„Ist das heute nicht einerlei?“ antwortet Doktor Gerlich mit einer Gegenfrage und begibt sich sichtlich erleichtert zurück auf seinen Platz.

„Der Spaziergang scheint dir gut getan zu haben. Deine Wangen haben endlich ein bißchen Farbe bekommen“, meint Alfred, als sich Ann-Marie wieder zu ihm setzt.

Leise, nur für ihn hörbar, sagt sie: „Kann ich dich später noch allein sprechen?“

„Ja, natürlich.“

Väterlich legt er seinen Arm um ihre Schultern. Sie läßt ihn gewähren.

„Wann geht deine Maschine? Ich bringe dich zum Flughafen, wenn du willst.“

„Danke, das ist sehr lieb von dir, aber es ist nicht nötig. Ich fliege erst um sieben Uhr früh – über Frankfurt –, übrigens mit der gleichen Maschine, mit der auch Anna fliegen wollte.“

Mit dem abgenagten Knochen in den fettigen Fingern erinnert er sie frappant an einen dieser Wikinger in ihren Comicheften.

„Kein Problem, ich kann sowieso nicht schlafen. Wir betrinken uns nachher gemeinsam, okay?“, sagt er mit vollem Mund und schaut so traurig aus, daß sie ihm seinen Kummer beinahe abnimmt.

„Heute brauchen wir einander, nicht wahr, Ann-Marie?“

Angewidert, aber immer noch dieses künstliche Lächeln auf den Lippen, wendet sie sich ab und mustert die Runde, die sich schon ziemlich gelichtet hat.

„Ausgefressene Spießer!“, schimpft sie leise.

„Wahrscheinlich hast du recht, es sollte mir längst egal sein, was die anderen über mich denken. Das Schicksal meinte es übrigens gut mit mir und schickte Alfred eine gerechte Strafe. Mein lieber Ehemann altert nicht nur rasch, sondern leidet auch unter Haarausfall und Übergewicht. Er ist widerlich fett, völlig außer Form und bei Gott kein schöner Anblick mehr. Obwohl er drei Jahre jünger ist als ich, sieht er wesentlich älter aus, und das macht ihm ganz schön zu schaffen. Früher färbte er sich das schüttere, graue Haar schwarz, kurze Zeit trug er sogar ein Toupet, doch das spöttische Grinsen der Angestellten ließ ihn davon wieder Abstand nehmen. Aber seinen Bauch wird er wohl nie mehr loswerden. Zum Abnehmen fehlt es ihm an Disziplin. Er ist heute fast so breit wie groß. Du solltest ihn einmal in der Badehose sehen: Spindeldürre Beine, schlaffe Arme und um die Mitte ein riesiger Schwimmreifen. Er sieht wirklich komisch aus, eine richtige Schießbudenfigur. Inzwischen scheint er sich jedoch sowohl mit seiner Fettleibigkeit als auch mit seiner Glatze abgefunden zu haben. Wahrscheinlich ist es dieser Margot gelungen, ihm einzureden, daß beides eine anziehende Wirkung auf Frauen hat."

Ann-Marie lachte, doch Anna blieb ernst und wartete, bis sich ihre Freundin wieder beruhigt hatte.

„Eine schleichende Depression ließ mich leider nicht lange triumphieren. Es ist nicht einfach, eines Tages feststellen zu müssen, daß alles sinnlos ist. Ich verfiel in eine totale Lethargie, zog mich von allen und allem zurück. Die geschäftlichen Angelegenheiten überließ ich Alfred, ich verlor jedes Interesse an der Arbeit. Allerdings weigerte ich mich standhaft, ihn zu meinem Teilhaber zu machen. So dumm war ich zum Glück doch nicht. Mein Vater hätte sich im Grab umgedreht, er hielt nie viel von Alfred. In diesem Fall war er mit dir ausnahmsweise einmal einer Meinung. Ihr beide habt dem armen Alfred nie eine

Chance gegeben. Über kurz oder lang hätte Papa ihn bestimmt gefeuert. In seinen Augen war Alfred nichts anderes als ein Möchtegern-Playboy, ein schmieriger Parvenu. Den Job bekam er damals nur, weil gerade ein akuter Mangel an fertigen Architekten herrschte. Ich nahm Alfred, ebenso wie alle anderen Angestellten, Papa gegenüber immer in Schutz. Mein Vater war kein besonders netter Chef, mir wären jedoch viele schmerzhafte Erfahrungen erspart geblieben, wenn ich auf seine Menschenkenntnis vertraut hätte. Aber das gehört alles längst der Vergangenheit an. Ich kann dir nicht erklären, warum es auf einmal vorbei war, ich weiß es nicht. Eines Tages erkannte ich, daß meine Existenz bloß noch eine reine Formalität war. Jeder nahm sich das Recht heraus, über mich zu bestimmen. Ich begriff plötzlich, daß ich immer nur das gewesen bin, was andere aus mir gemacht haben, und irgendwann sagte ich mir: Das kann doch nicht alles gewesen sein. – Mein Entschluß steht fest, ich werde die Scheidung einreichen und für immer weggehen, ohne Alfred noch einmal anzuhören. Seine Vorwürfe und seine unverschämten Forderungen werde ich mir ersparen. Ich möchte nach New York kommen und mit dir noch einmal von vorne anfangen, mit ganz leerem Kopf, wie ein neugeborenes Kind. Das klingt so dramatisch, aber für mich wird es tatsächlich eine Art Neubeginn sein. Du wirst sehen, in New York werde ich wieder zu mir selbst finden und auch wieder arbeiten können. Am liebsten würde ich gleich jetzt mit dir gehen. Es ist nicht so wichtig, wohin man geht. New York ist nichts weiter als ein Symbol, ein Symbol für die Freiheit vielleicht? Ich habe mich für New York entschieden, weil du dort lebst, das ist der wahre Grund. Zusammen werden wir es schaffen, davon bin ich fest überzeugt."

Weiter unten am Tisch läßt einer seit Stunden den Kopf hängen. Er stiert unentwegt in sein Glas. Ann-Marie beobachtet bereits eine ganze Weile, wie er Unmengen von Wein in sich hineinschüttet, ohne auch nur ein Wort mit jemandem zu wechseln. Seine Tischnachbarn brechen gerade auf. Sie gesellt sich zu ihm.

Der Betrunkene schenkt ihr einen flüchtigen Blick; er hat traurige Augen.

„Prost", sagt er und stößt sein Glas gegen eine leere Flasche.

„Sie haben nichts zu trinken? Das geht doch nicht. Wir sind zum Feiern hier. Hochzeiten und Begräbnisse müssen gefeiert werden, wie sie fallen."

Er ruft nach dem Kellner.

Ann-Marie bestellt noch ein kleines Bier. Sie will nüchtern bleiben, einen klaren Kopf behalten, sofern das heute überhaupt möglich ist.

„Sie sind die Freundin aus Amerika, die beste Freundin? Ja, so Jugendfreundschaften halten oft lange."

Er scheint genau Bescheid zu wissen, trotz oder gerade wegen seines Zustandes.

„Sind extra rübergekommen, ganz schön teurer Spaß. Von wem haben Sie es denn erfahren? Von ihm?"

Er deutet mit dem Kopf in Alfreds Richtung.

„Nein, von Frau Maricek. Ich habe angerufen."

„Da haben Sie aber Glück gehabt, sonst hätten Sie es womöglich erst Wochen später erfahren. Mir hat es Gerlinde erzählt. Kennen Sie Gerlinde? Nein, woher denn auch. Sie ist technische Zeichnerin, hat auch für sie gearbeitet und war heute ebenfalls eingeladen, ist aber nicht gekommen, hat gesagt, ihr würde speiübel werden beim Anblick all dieser scheinheiligen Figuren. Hat einen empfindlichen Magen, die Kleine. Mir sind die Leute egal, Hauptsache, es gibt etwas zu trinken. Prost! – Ich habe Ihre Freundin gut leiden können. Wir haben so manche Flasche miteinander geleert. Sie hat eine ganze Menge vertragen, fast soviel wie ich. Aber reden wir nicht von ihr, erzählen Sie mir lieber was vom Land der unbegrenzten Möglichkeiten. Ich bin noch nie drüben gewesen. Sie leben in New York?“

Ann-Marie wohnte in einem dreistöckigen Ziegelhaus in der Lower East Side. Sie hatte die Zwei-Zimmer-Wohnung notdürftig renoviert, doch an den feuchten Wänden blätterte bereits wieder die Farbe ab. Sie störte sich nicht daran, sondern schmierte Telefonnummern, Termine, Parolen und was immer ihr gerade einfiel auf die fleckigen Wände. Mitten im größeren Zimmer stand ein Stahlrohrbett, das fatal an ein Krankenhaus erinnerte und tatsächlich aus einem stammte. Da sie abergläubisch war, schlief sie nicht in diesem Bett, sondern legte die Matratze auf den Boden. Das Stahlrohrgestell benützte sie als Ablage für Zeitschriften, Bücher und Schmutzwäsche.

Ihr Kabinett glich einer Rumpelkammer. Ann-Marie war eine leidenschaftliche Sammlerin, sie konnte einfach alles brauchen, und so häuften sich Lampenschirme, dreibeinige Stühle, kaputte Vasen und anderer Kleinkram. Einmal im Monat veranstaltete sie einen privaten Flohmarkt und schaffte so wieder Platz für neues Gerümpel.

Da sie ihre beiden Fenster nie putzte, konnte sie auf Vorhänge verzichten. Außerdem störte es sie nicht im geringsten, wenn ihr Gegenüber, ein freundlicher Alter, der ein bißchen wirr im Kopf war, einen Großteil seiner Zeit damit verbrachte, zu ihr hinüber zu starren. Manchmal winkte sie ihm oder warf ihm eine Kußhand zu, dann erschien ein einfältiges Grinsen auf seinem grauen Gesicht.

Ein überdimensionaler Eiskasten, den sie ebenfalls auf dem Müll gefunden hatte, verstellte die schlauchartige Küche. Es war gerade noch Platz für den Herd, für einen kleinen Tisch und einen Klappsessel. Wenn sie die Küchentür schließen wollte, mußte sie den Sessel zusammenklappen.

Im Waschbecken neben dem Ofen wusch sie nicht nur ihr Geschirr, sondern auch sich selbst. Im Klo befand sich zwar eine Dusche, da jedoch der Ausguß ständig verstopft war, benützte sie diese so gut wie nie.

Der linke Trakt des Hauses stand leer. Im Parterre wurde er als Schuppen verwendet, und Jeff, der im zweiten Stock wohnte, benützte ihn im Winter als Vorratskammer für seinen gestohlenen Whisky.

Ann-Marie wagte nicht, diesen Teil ihres Stockwerkes zu betreten. Die Mauern bröckelten ab, und die Fenster hatten keine Scheiben. Vor allem aber befürchtete sie, daß die morschen Holzplanken ihre fünfundsechzig Kilo nicht aushielten. Sie konnte sich lebhaft vorstellen, wie sie eines Tages mit gebrochenen Beinen unten bei den Ramirez im Schuppen liegen würde. Die Arztrechnung würde sie auf keinen Fall bezahlen können.

Die Wohnung war groß genug für Ann-Marie. Die sechsköpfige puertoricanische Familie im Erdgeschoß mußte mit ebenso vielen Quadratmetern auskommen. Sobald es wärmer wurde, wichen sie allerdings in den verwilderten Garten hinter dem Haus aus.

Der dritte Stock und das Dachgeschoß waren unbewohnbar. Über ihr hauste Jeff, ein junger Schwarzer, der gelegentlich in einer Bar arbeitete und einen lukrativen Schwarzhandel mit Whisky betrieb. Ann-Marie verstand sich gut mit ihm. Er versorgte sie mit harten

Getränken, und sie revanchierte sich mit selbst angepflanztem Marihuana, das in den Blumentöpfen auf ihrer Feuerleiter prächtig gedieh. Manchmal schlief sie mit Jeff, einfach so, weil es bequem und problemlos war.

Auch mit den Puertoricanern kam sie gut zurecht. Leider sprach sie nur ein paar Brocken Spanisch, und deren Englisch reichte nicht aus, um mehr als belanglose Sätze miteinander zu wechseln. Ann-Marie hatte sich fest vorgenommen, Spanisch zu lernen. Auch in den Geschäften und Lokalen konnte man sich fast nur mehr in dieser Sprache verständigen.

Die Einwanderer aus Lateinamerika hatten sich in den Häusern, die aussahen als hätte erst vor kurzem eine Bombe eingeschlagen, so recht und schlecht eingerichtet. Die meisten fanden keine Arbeit. Mauern und U-Bahnstationen waren mit wütenden Sprüchen beschmiert, und im Rinnstein lagen die Alkoholleichen. Die Kriminalitätsrate war in diesem Viertel besonders hoch. Ein paar Straßen weiter gab es noch hübsche Brownstonehäuser mit winzigen Vorgärten. Doch diese Häuser waren für Ann-Marie und die Hispanos unerschwinglich. Seit kurzem ließen sich auch schicke Boutiquen und Galerien in der East Side nieder. Sie trieben die Mieten in die Höhe, und wenn es die Gangs nicht schafften, diese Eindringlinge zu vertreiben, würde sich Ann-Marie bald auch diese Wohnung nicht mehr leisten können und wieder umziehen müssen. Aber daran war sie gewöhnt.

Es wollte ihr einfach nicht gelingen, sich Anna, die reiche, verwöhnte Anna, in dieser Umgebung vorzustellen. Sie paßte unmöglich in die Lower East Side. Bestimmt würde sie gleich am ersten Tag überfallen und, wenn sie Glück hatte, nur ausgeraubt werden.

„Wenn ich nicht bezahlen muß, schmeckt es mir besonders gut", sagt der Mann mit den traurigen Augen und bestellt noch ein Viertel Wein.

Dann erzählt er ihr von New York.

„Sie haben doch gerade gesagt, daß Sie noch nie drüben waren, dafür kennen Sie sich aber recht gut aus."

„Muß man denn unbedingt an einem Ort gewesen sein, um ihn zu kennen? Mir genügt es, darüber zu lesen. Ich kenne alles nur aus Büchern."

Ann-Marie schüttelt verwundert den Kopf. Obwohl sie seine Geschichten amüsant findet, läßt sie ihn nicht weitererzählen.

„Wann haben Sie Anna zum letzten Mal gesehen?"

„Wann ich sie ..., ist noch gar nicht so lange her, letzten Samstag, glaube ich. Habe nachmittags ein paar Stunden im Büro verbracht, hatte noch etwas zu erledigen. Ich arbeite gern allein, deshalb gehe ich am liebsten an den Wochenenden hin. Sie hat mich rüber in ihre Wohnung gebeten, mir mein Honorar ausbezahlt und noch ein paar Tausender draufgelegt. Urlaubsgeld, hat sie gemeint. Ich hab auch einen Drink serviert bekommen, und sie hat mir mitgeteilt, daß sie das Büro aufgeben und fortgehen würde. Ich hab nicht viel gefragt, nur meinen Whisky ausgetrunken und mich bald wieder verdrückt."

„Hat sie sonst noch was gesagt, irgendetwas, das von Bedeutung sein könnte?"

„Nein."

Die stark geröteten Augen des Betrunkenen scheinen durch sie hindurch zu starren.

„Sie war nicht deprimiert, wenn Sie das meinen." Er wirkt plötzlich ganz nüchtern.

„Haben Sie eine Zigarette für mich? Ich versuche gerade, mir das Rauchen abzugewöhnen, aber jetzt könnte ich eine brauchen.“

Ann-Marie schiebt ihm ihr Päckchen hin und gibt ihm Feuer.

Er macht ein paar tiefe Züge, dann dämpft er die Zigarette wieder aus.

„Danke. Was möchten Sie noch wissen?“

Ann-Marie schaut ihm in die Augen.

„Alles?“

„Wir sind nicht lange beisammengesessen. Sie hat noch viel zu tun gehabt. Aber sie hat fröhlich, fast ausgelassen gewirkt, vermutlich auch, weil ihr Alter wieder einmal verreist war, denn dann war sie meistens gut gelaunt. Ein paar Koffer sind schon gepackt im Vorzimmer gestanden. Ich bin drüber gestolpert, als ich ging, und sie hat gelacht. Ihr Lachen werde ich wohl nie vergessen.“

Ann-Marie bietet ihm noch eine Zigarette an. Er raucht sie nur bis zur Hälfte.

„Ja, sie war gut aufgelegt, vielleicht auch ein bißchen angesäuselt, aber was spielt das für eine Rolle? Zum Abschied hat sie mir einen Kuß gegeben.“

Er widmet sich wieder seinem Glas.

„Der Wein ist nicht schlecht, ich beziehe ihn nach wie vor von meinem Bauern. Du kennst ihn, wir haben ihn einmal zusammen besucht, erinnerst du dich? Ich verdanke ihm einen meiner ersten Aufträge. Er wollte seinen Dachboden ausgebaut haben, Ferien am Bauernhof waren damals der letzte Schrei. Anscheinend ist er mit meiner Arbeit zufrieden gewesen, denn ich bekomme den Wein um denselben Preis wie früher. Seit zehn

Jahren ist er um keinen Groschen teurer geworden. Das nenne ich wahre Freundschaft“, sagte Anna und schenkte sich nach.

„Heute habe ich von der Architektur die Nase gestrichen voll. Ideen entwickeln oder Entwürfe zeichnen macht mir nach wie vor Spaß, aber meine Pläne sind hoffnungslos veraltet. Ich kann mich mit dem, was seit den 70er Jahren als das ‚Neue Bauen‘ propagiert wird, nicht anfreunden. Verhaftet in der strengen, funktionalistischen Bauweise, finde ich keinen Anschluß an diesen folkloristischen, biedermeierlichen Stil, der jetzt so en vogue ist und den die Konservativen natürlich freudig beklatschen. Für mich ist dieser ‚Zuckerbäkkerstil‘ nur Ausdruck des allumfassenden Provinzialismus und der herrschenden Gartenzwergmentalität. Das ganze Geschwafel über die Postmoderne kann mir gestohlen bleiben. Ich will unter solchen Bedingungen nicht arbeiten, verstehst du? Im übrigen habe ich mit Architektur im engeren Sinn längst nichts mehr zu tun. Die kreative Arbeit erledigen meine Angestellten. Mir bleibt es vorbehalten, mich mit Kalkulationen und Behörden herumzuschlagen und mit primitiven Baubonzen zu verhandeln. Wundert es dich, daß ich diese Art von Arbeit liebend gerne Alfred überlassen habe? Nur, dadurch bin ich endgültig überflüssig geworden. Allerdings wird er in dieser Branche als Kronprinz auch nicht ernstgenommen. Es ist ihm ebensowenig wie mir gelungen, sich gegen die Bau- und Behördenmafia durchzusetzen. Obwohl es zu meinem eigenen Schaden ist, empfinde ich eine gewisse Genugtuung bei diesem Gedanken. Architektur ist männlich, Annemarie, trotz des weiblichen Artikels, durch und durch männlich. Bauskandale sind männlich, Profite, Provisionen, Spekulationen, alles männliche Domänen. Oder hast du schon einmal von einer Frau gehört, die sich ein paar Millionen unter den Nagel gerissen hat und damit den Rest ihres Lebens auf einer Südseeinsel genießt?“

„Leider nein.“

„Sehr witzig, ich meine es ernst. Weiblich zu sein, empfinde ich als etwas ungeheuer Erniedrigendes. Im Betrieb meines Vaters bekam ich das besonders deutlich zu spüren. Als mein Vater noch lebte, wurde mir gönnerhaft zugestanden – schließlich war ich sein einziges Kind –, in diesem Fach zu dilettieren. Eine Spielwiese für unverheiratete Töchter, die sich, sobald sie einen Mann finden, der sie nimmt, wieder auf ihre eigentliche Rolle besinnen. Als ich dann das Büro übernahm, schlugen Vorurteile und männliche Ängste voll zu. Das war mit ein Grund, warum ich mich mehr und mehr zurückzog. Ich hatte es satt, nach allen Regeln der Kaufmannskunst ausgetrickst und hinterher noch mitleidig belächelt zu werden. Ich reagierte mit Verweigerung, anstatt die Herausforderung anzunehmen. Diesen Vorwurf kann man mir zu Recht machen. Im Prinzip funktioniert es in der Architektur genauso wie in allen anderen gesellschaftlichen Bereichen. Man will uns in Mittelmäßigkeit ersticken. Obwohl Männer massenhaft schlecht oder mittelmäßig sind, schreiben sie vor allem uns diese Attribute zu. Nicht selten nehmen sie dann Ideen oder Entwicklungen von Frauen auf und sind mit diesen sofort auf dem Markt präsent. Von den Frauen fehlt jede Spur. Die öffentlichen Aufträge werden von Männern an männliche Freunde vergeben oder an jene, die gewillt sind, hohe Bestechungsgelder zu zahlen. Zwar gibt es öffentliche Ausschreibungen, aber die Wirtshaus- und Heimsaunamentalität funktioniert tadellos. Gunst und Millionen werden nach festen Regeln verteilt: ‚Wer am meisten schmiert, rutscht am schnellsten rein.' Auch Wettbewerbe werden hin und wieder veranstaltet, doch die Sieger stehen von vornherein fest. Korruption und Grundstücksspekulation sind ein beliebtes Gesellschaftsspiel der Oberen Zehntausend – wenn es überhaupt so viele sind."

Die feinen Leute drängen jetzt zum Aufbruch. Es ist spät geworden, Zeit für einen Barbesuch. Alfred begleitet seine Gäste zur Tür und bittet Ann-Marie, auf ihn zu warten.

„Ich muß noch eine unserer Mitarbeiterinnen nach Hause bringen. Sie hat keinen eigenen Wagen. Aber ich bin in spätestens zwanzig Minuten zurück, dann habe ich Zeit für dich."

Ann-Marie übersieht Margot einfach und verabschiedet sich von Paul mit einem Kuß auf die Wange. Herrn Gerlich schüttelt sie die Hand. Höchstwahrscheinlich wäre er in Ohnmacht gefallen, wenn sie ihn auch mit einem Kuß beglückt hätte. Aber sie ist heute nicht zu solchen Scherzen aufgelegt.

Außer ihr bleiben nur mehr der Betrunkene und zwei gut gekleidete Herren in Begleitung von zwei nicht minder gut gekleideten Damen am Tisch sitzen. Die vier scheinen sich köstlich zu amüsieren. Ihr Gelächter verletzt Ann-Marie. Sie widmet sich wieder dem einsamen Mann mit dem traurigen Blick.

Er sieht nicht übel aus. Schade, daß sich Anna nicht näher mit ihm eingelassen hat. Aber wer weiß, vielleicht hat sie sogar ...

Anscheinend kann er Gedanken lesen, denn er beantwortet ihre unausgesprochene Frage.

„Ich habe nie was mit ihr gehabt. Sie hat mir sehr gut gefallen, als Frau, meine ich, aber irgendwie hab ich Scheu gehabt. Sie, die erfolgreiche Architektin, gutaussehend, verheiratet, und ich, der versoffene Studienabbrecher, von Beruf Versager – ein komisches Pärchen hätten wir abgegeben. Und trotzdem, leider kann man die Zeit nicht zurückdrehen."

Leider, denkt auch Ann-Marie.

„Nicht einmal du bist in der Lage einzuschätzen, wie mies es mir im letzten Jahr ging. Mich interessierte nichts mehr, und mich konnte auch nichts mehr begeistern. Gefangen in der Dunkelheit und unendlich allein, hatte ich das Gefühl, alles wäre vorbei – das war's. Nichts als Einsamkeit und gähnende Leere vor mir. Ich will mich nicht selbst bedauern, ich habe nur einfach alles so gründlich satt! Ich muß weg von hier, Annemarie, ich bin fest entschlossen zu gehen. Ich darf mich nicht länger treiben lassen, ich muß endlich handeln. Manchmal fürchte ich, das Handeln verlernt zu haben. Was das Büro betrifft, habe ich allerdings schon ganz konkrete Vorstellungen. Zwei ehemalige Mitarbeiter meines Vaters haben sich vor Jahren selbständig gemacht. Sie sind gut im Geschäft, haben sich aber uns gegenüber immer fair verhalten. Wenn sie überlastet waren, haben wir manchmal Aufträge von ihnen bekommen. Ich glaube, den einen kennst du, er heißt Paul und ist immer eine Art Wahlonkel für mich gewesen. Mit ihm habe ich schon gesprochen, er scheint interessiert. In ein, zwei Monaten könnte ich alles unter Dach und Fach bringen. Paul betrügt mich bestimmt nicht, ich vertraue ihm blind. In dieser Hinsicht wird es also keine Komplikationen geben. Spätestens in zwei Monaten könnte ich bei dir sein, Annemarie. Glaub bitte nicht, daß ich die Schwierigkeiten, die noch auf mich zukommen werden, unterschätze. Ich weiß, was mir blüht, wenn Alfred erfährt, was ich vorhabe. Hier wird der Teufel los sein. In den letzten Wochen war ich oft nahe daran, diesen Plan wieder fallen zu lassen. Doch jetzt habe ich erneut Mut gefaßt. Ich kann mir sogar vorstellen, wieder Geschmack an der Arbeit zu finden. Ganz aufgeben werde ich die Architektur wohl doch nicht, ich habe ja nichts anderes gelernt. Vielleicht sollte ich es mit Fotografie versuchen, mit Architekturfotografie zum Beispiel. Sicher müßte ich meine Kenntnisse auf diesem Gebiet noch erweitern. Es würde mir sogar Spaß machen, noch einmal die Schulbank zu drücken. Bei euch gibt es bestimmt ein reichhaltiges Angebot an Fortbildungskursen. Umso länger ich darüber nachdenke, desto besser gefällt mir diese Idee."

Ann-Maries skeptischer Gesichtsausdruck ließ sich schwerlich mißinterpretieren.

„Du glaubst mir nicht? Ich meine es ernst, todernst. Auf jeden Fall muß ich rasch handeln und Alfred zuvorkommen. Er drohte nicht nur einmal, mich für verrückt erklären zu lassen. Zuerst riet er mir zu einer Analyse. Als ich mich dann dazu entschloß, war es ihm auch nicht recht. Andauernd meckerte er, daß mich mein Analytiker zu sehr in meinem egoistischen Verhalten bestärke. Außerdem war er auf einmal der Ansicht, es koste zu viel Geld – mein Geld! Wenn schon eine Therapie, dann sollte ich mich wenigstens bemühen, sie von der Krankenkasse bezahlt zu bekommen. Er wollte, daß ich mich für ein paar Wochen in die Psychiatrie begäbe. Doch diesen Gefallen tat ich ihm nicht. Es ging ihm nur darum, einen Beweis für meine psychische Labilität in der Hand zu haben. Eine Zeitlang befürchtete ich, er würde versuchen, mich entmündigen zu lassen."

„Du weißt, ich kann deinen Alfred nicht ausstehen, aber das traue selbst ich ihm nicht zu“, unterbrach sie Ann-Marie.

„Vielleicht hast du recht, und ich leide tatsächlich unter Verfolgungswahn, wie mein Mann gern behauptet. Jedenfalls erklärte er mich nicht nur für total frustriert, sondern auch für paranoid und erzählte es jedem, der gewillt war, sich diesen Quatsch anzuhören. Vor zwei Jahren glaubte er, mir noch unbedingt ein Kind anhängen zu müssen. Ich schrieb dir damals einen langen Brief, und du hast ausnahmsweise darauf geantwortet, wenn ich mich richtig erinnere. Mit einem Baby hoffte er, mich endgültig an sich zu ketten. Aber so verrückt war ich nun auch wieder nicht. Leider vertrug ich keine Pille. Als es dann trotz meiner Vorsichtsmaßnahmen, die meistens in Verweigerung ausarteten, tatsächlich passierte, ließ ich mir sofort einen Termin im Ambulatorium am Fleischmarkt geben. Die Abtreibung verlief völlig problemlos. Zwei Tage später ging ich schon wieder ins Büro. Er hielt es für anormal, daß ich das höchste Glück einer Frau, die Mutterschaft, verweigerte. Damals kam er auf die Idee mit der Therapie. Er machte mir schreckliche Szenen, führte sich auf wie ein Landpfarrer, sprach von Mord und spielte den Moralapostel. Ausgerechnet er! Außerdem warf er mir Unweiblichkeit vor – ein Kompliment aus seinem Mund. Das Schlimmste war aber, daß er meinen toten Vater mit ins Spiel brachte. Immer wieder bekam ich zu hören, daß sich der alte Herr nichts mehr auf der Welt gewünscht hätte als einen männlichen Erben. Damit klopfte er mich weich. Psychoterror in Reinkultur. Ich heulte Tag und Nacht und suchte mir, als mir die Tränen ausgingen, einen Analytiker. Mein Gott, war das eine nette Zeit! Ich frage mich nur, warum ich ihn nicht schon damals verlassen habe. Meine Ängste waren längst nicht mehr gesellschaftlicher Natur. Was erwartete ich mir noch von Alfred?“

Ann-Marie hat nie verstanden, warum sich ihre Freundin ausgerechnet mit diesem Aufsteiger einlassen mußte. Sie vergleicht Alfred mit dem fremden Mann, der neben ihr sitzt, und dieser Vergleich fällt sehr schmeichelhaft für den Trinker aus.

Sie kann sich des Eindrucks nicht erwehren, daß auch Anna dem Alkohol sehr zugetan war.

Ob sie an jenem Abend zuviel getrunken hat?

Ann-Maries Nerven sind nicht die besten. Sie massiert ihre Schläfen, doch das Pochen in ihrem Kopf wird stärker.

Verzweifelt greift sie nach dem Arm ihres Tischnachbarn. Aber ‚Annas Liebling‘ ist nicht mehr ansprechbar.

Ein Joint scheint die einzige Rettung. Zitternd steht sie auf, langt nach ihrer Handtasche und geht aufs Klo.

Der Geruch ist unverkennbar, hoffentlich kommt jetzt keiner rein.

Nach ein paar Zügen fühlt sie sich besser.

Als sie ins Extrazimmer zurückkehrt, ist auch Alfred wieder da. Er steht in der Tür und spielt ungeduldig mit seinem Schlüsselbund. Die beiden gutsituierten Herren und ihre Begleiterinnen brechen auf. Mit lachenden, von Wärme und Alkohol geröteten Gesichtern verabschieden sie sich von Alfred und bedanken sich für den großartigen Abend und das ausgezeichnete Essen.

Alfred weiß Ann-Maries Blick richtig zu deuten.

„Ich habe sie einladen müssen, wichtige Geschäftspartner, der eine ist sogar Ministerialrat im Bautenministerium. Mir ist nichts anderes übriggeblieben, verstehst du?“

Sie versteht überhaupt nichts mehr und schlägt vor, den Betrunkenen nach Hause zu bringen.

„Der findet seinen Weg schon allein. Außerdem will er bestimmt noch nicht heim. Ich hätte diesen Säufer schon längst hinausgeschmissen, aber er war einer von Annas Schützlingen.“

Er spricht so laut, daß der andere ihn hören muß.

Ann-Marie verabschiedet sich von dem Mann mit den traurigen Augen.

„Verraten Sie mir noch Ihren Namen?“

„Josef Steiner, sie nannte mich Joe.“

„Auf Wiedersehen, Joe.“

Dann folgt sie Alfred zu seinem Wagen.

Sie ist nicht gewillt, seine üble Laune zu ertragen, und ignoriert ihn einfach.

„Ich habe heute schon genug Hände geschüttelt, laß uns schleunigst von hier verschwinden“, bemerkt er gereizt.

Anna hatte schon in ihrem Brief angekündigt, daß sie Wien für immer verlassen und möglichst rasch nach New York kommen wollte. Ann-Marie wußte nicht so recht, wie sie Anna, ohne sie zu verletzen, ihre Einwände gegen diesen Plan erklären sollte.

Sie war überzeugt, daß sich ihre Freundin in New York nicht zurechtfinden würde. Gewöhnt an diese hübsche, friedliche Umgebung, würde es ihr bestimmt nicht leichtfallen, sich in einem desolaten, abbruchreifen Haus wohlzufühlen. Wahrscheinlich besaß sie sehr romantische Vorstellungen, träumte von einem schikken Loft, das sie in irgendeiner Architekturzeitschrift abgebildet gesehen hatte. Statt dessen erwarteten sie bis auf die Grundmauern abgebrannte Häuser, leere, ausgeraubte Geschäfte, überquellende Müllsäcke und stinkende Kanäle, deren Deckel von den jugendlichen Gangs, die das Viertel kontrollierten, anderweitig verwendet wurden. Sie könnten in eine bessere Gegend ziehen, aber dann wären Annas Ersparnisse bald aufgebraucht.

Ann-Marie nahm sich vor, mit ihrer Freundin ernsthaft darüber zu reden und einige ihrer Illusionen zu zerstören, sonst würde ihr zweiter Versuch, miteinander zu leben, wieder im Chaos enden.

Anna schien ihre Zweifel zu spüren, teilte aber ihre Bedenken nicht.

„Ich sehne mich nach einem wilden, unsicheren Leben, ich will endlich dieser trügerischen Dachterrassenidylle entkommen. Eingesperrt in meinen Elfenbeinturm, hoch über den Dächern der Stadt, denke ich an nichts anderes mehr als an Flucht. Ich hasse es, täglich durch die gleichen Straßen zu fahren, dieselben Lokale zu besuchen, in die gleichen unfreundlichen Gesichter zu blicken und auf das Morgen zu warten, das wieder nichts Neues bringen wird."

„Aber was erwartest du von New York? Andere Straßen, andere Lokale, andere unfreundliche Gesichter?"

„Du mußt groß reden, du hast es doch hier auch nicht ausgehalten. Ich weiß nicht genau, was ich mir erhoffe, nur anders muß es sein, ganz anders. Ich habe befürchtet, daß du mit meinen Plänen nicht einverstanden sein könntest, daß ich dich ebenso nerven würde, wie Alfred mich nervt. Aber dein Kommen hat mir gezeigt, daß ich mit dir rechnen darf, daß ich mich auf dich verlassen kann. In New York werden die letzten Jahre bald nur mehr wie ein schrecklicher Alptraum in meinen Erinnerungen auftauchen, bis ich sie dann endgültig vergessen haben werde. – Ich ertrage diese Enge und Kleinkariertheit nicht mehr, fühle mich eingesperrt, beobachtet und kontrolliert. Du hast das schon vor Jahren erkannt und rechtzeitig das Weite gesucht. Ich hätte damals mit dir gehen sollen. Aber nein, als brave Tochter mußte ich natürlich in Papas Fußstapfen treten. Jahrelang schrieb ich mir selbst die Schuld zu, wenn etwas schiefging, wie meine Ehe zum Beispiel. Zwar suchte ich nach rationalen Erklärungen, landete aber schließlich immer wieder bei meiner eigenen Unfähigkeit. Als ich, vielleicht mit Hilfe der Analyse, endlich aus diesem Dilemma herausfand, wollte ich Alfred noch eine letzte Chance geben. Aber er ist ein Meister im Verdrängen und war nie bereit, über unsere Probleme zu diskutieren, sondern fertigte mich mit leeren Phrasen ab. Ich kann seine Sprüche nicht mehr hören! Den Entschluß, ihn zu verlassen, faßte ich heuer zu Silvester. Sie waren alle da, seine angeblichen Freunde mit ihren hübschen, aufgeputzten Frauen, frisch aus dem Kosmetiksalon. Frauen mit starren Blicken und einem permanenten Lächeln auf den Lippen. Ich wartete darauf, daß dieses Lächeln einfror, aber sie schafften es tatsächlich, die ganze Nacht lang zu lächeln. Selbst als ihre Männer die jungen, niedlichen Sekretärinnen auf den Schoß nahmen, hörten sie nicht auf, blöd zu grinsen. Sie waren eben keine Spielverderberinnen. Alfred hatte alle eingeladen, auch die Angestellten aus meinem Büro. In so einer Nacht gibt man sich locker und liberal, man feiert demokratisch. Nur die Putzfrau war nicht eingeladen; sie ist alt und häßlich. Es war ein sehr gelungenes Fest. Alle freuten sich, das neue Jahr gemeinsam begießen zu können, es sinnlos zu ersäufen in ihren blöden Witzen und in ihrem schrecklichen Gegröle. Wer, glaubst du, war dann als einzige tatsächlich betrunken? Ich natürlich. Das neue Jahr hatte meiner Meinung nach etwas Besseres verdient. Ich verbrachte den Rest der Nacht auf der Toilette. Und dort beschloß ich wegzugehen. Ich wußte nur nicht gleich, wohin. Ich wartete, dachte viel nach, lebte mehr in der Vergangenheit als in der Gegenwart und sehnte mich immer mehr nach der rohen, unfertigen Art unseres gemeinsamen Lebens, begriff, wie wertvoll es war, und wünschte zu wiederholen, was sich vielleicht nicht wiederholen läßt."

Alles wiederholt sich, denkt Ann-Marie, als sie die große, schwarze Limousine erblickt.

Ihre Freundin hat sie vor zwei Monaten mit diesem Wagen vom Flughafen abgeholt.

„Warum fährst du Annas Mercedes?"

„Mein Alfa befindet sich gerade in der Werkstatt. Diese Italiener sind wirklich der letzte Dreck. Du kannst dir nicht vorstellen, wieviel ich schon in diese Scheiß-Kiste hineinstecken mußte. Außerdem werde ich mir zwei Autos auf Dauer ohnehin nicht leisten können. Ich denke, ich werde meinen verkaufen und Annas Familienkutsche behalten, sie ist viel besser in Schuß."

Alfred hat den Wagen in der Nähe des Restaurants geparkt. Galant öffnet er Ann-Marie die Tür. Sie stellt sich vor, wie oft Anna auf seinem Platz gesessen ist, und beginnt zu weinen.

Der verdammte Alkohol!

Er tätschelt tröstend ihr Knie. Am liebsten würde sie ihn ohrfeigen, sie bittet ihn jedoch zu erzählen, wie Anna ihre letzten Stunden verbracht hat.

„Ich muß dich leider enttäuschen, ich war nicht in Wien, als es passiert ist, bin erst am Montag zurückgekommen, genauer gesagt, am späten Vormittag. Die Polizei hat mich sofort verständigt. Ich hatte geschäftlich in Salzburg zu tun, war im ‚Bayrischen Hof' abgestiegen – dort wohne ich immer, wenn ich in Salzburg bin – und bin noch im Bett gelegen, als der Anruf kam. Du kannst dir vorstellen, was für ein Schock das war. Natürlich habe ich mich sofort auf den Weg nach Wien gemacht. In so kurzer Zeit habe ich diese Strecke noch nie geschafft, hab den Fuß nicht mehr vom Gaspedal genommen. Ein wahres Wunder, daß ich keinen Unfall gebaut habe, mein Alkoholspiegel war auch nicht ohne. Ich hatte die halbe Nacht lang mein Glück im Casino versucht und einige Bars unsicher gemacht. Salzburg ist ein richtiges Provinznest, viel kann man dort an einem Sonntagabend nicht anfangen. Du weißt ja, wie es ist, wenn man allein in einer fremden Stadt ..."

Er betont das Wort ‚allein'.

„Na, wie gesagt, ich hab einen Ordentlichen sitzen gehabt und bin erst in den frühen Morgenstunden zurück in mein Hotel gewankt. Als diese Hiobsbotschaft eintraf, war ich zuerst wie gelähmt, doch dann habe ich fast wie ein Automat reagiert. Besessen von einem einzigen Gedanken – ich wollte sie unbedingt noch einmal sehen – bin ich losgerast. Aber ich bin zu spät gekommen. Man hatte sie bereits fortgebracht. Sie muß sofort tot gewesen sein, hat keine Schmerzen gehabt, das war mir ein gewisser Trost."

Ann-Marie bezweifelt, daß ihre Freundin nichts mehr gespürt hat.

Wie lange dauert es, wenn man aus dem siebten Stock stürzt? Mindestens ein paar Sekunden. Sekunden der Angst. Man macht sich fast an vor Angst. Man spürt Schweißtropfen auf der Stirn. Man sieht alles, was rings um einen vorgeht, doppelt deutlich. – Vielleicht lief ihr ganzes Leben wie im Zeitraffer vor ihren Augen ab. – Und dann? Was geschieht dann?

„Niemand wird betrübt sein, wenn ich plötzlich von der Bildfläche verschwinde. Ich habe hier keine Freunde. So sehr ich mich auch bemühe, auf Menschen zuzugehen, ich habe immer das Gefühl, daß sie mich ablehnen. Entweder halten sie mich für abweisend und arrogant oder für langweilig. Ich bin unsicher, nein, richtiggehend ungeschickt im Umgang mit anderen. Ein typisches Einzelkind? Egoistisch und nur mit mir selbst beschäftigt? Aber du hast auch keine Geschwister und kommst dennoch mit anderen Leuten gut aus. Vielleicht, weil du auf der Straße groß geworden bist? Ich war viel zu sehr behütet. Meine Eltern hielten mich schon als Kind für ein kleines Genie, dabei war ich nur altklug und intellektuell überfordert. Jedenfalls habe ich weder Freunde noch Familie. Alfred kann man wohl nicht als meine Familie bezeichnen. Bedenkt man allerdings, was meine lieben Eltern an mir verbrochen haben, so scheine ich mich trotzdem relativ gut entwikkelt zu haben. Menschenscheu und realitätsfremd zwar, aber wenn ich mir vorstelle, was sonst noch aus mir hätte werden können, jagen mir kalte Schauer über den Rücken. – Erinnerst du dich noch an meinen letzten Besuch in New York? Wie eine kleine Streberin lief ich herum, wollte mir nichts entgehen lassen, alles mitnehmen und verwerten. Ich hatte nur Augen und Ohren für diesen überaus wichtigen Kongreß, der völlig unwichtig war. Wichtig warst allein du, aber das kapierte ich erst viel später. Ich genoß es, all diese interessanten und einflußreichen Leute um mich zu scharen, und scharte mich im Endeffekt um sie. Unbedingt mußte ich sie kennenlernen, mich mit ihrer Bekanntschaft schmücken. Du kannst dir nicht vorstellen, wie scheißegal sie mir heute sind. Aber wahrscheinlich brauchte ich diesen Zirkus zur Stärkung meines schwer angeschlagenen Selbstbewußtseins. Kurz zuvor war ich dahinter gekommen, daß Alfred mich betrügt. Also mußte ich mir beweisen, wie attraktiv und interessant ich bin. Du darfst nicht glauben, daß ich jetzt versuche, mein damaliges Verhalten zu rechtfertigen, ich möchte es nur dir und mir selbst erklären. Obwohl ich denke, daß du es ohnehin verstanden hast, so wie du immer alles verstehst, was mich betrifft. Du hast mir längst verziehen, habe ich recht?“

Ann-Marie antwortete nicht, sondern nickte nur zerstreut. Sie dachte an das Haus, in dem sie zur Zeit wohnte. Eigentlich befand es sich in gar keinem so üblen Zustand. Die eingeschlagenen Fensterscheiben ließen sich erneuern, und mit ein bißchen Kleingeld konnte man auch den linken Trakt renovieren. Der Gedanke, Anna für den Rest ihres Lebens bei sich zu haben, war doch sehr verführerisch.

Sie war froh, daß Anna nicht vorhatte, gleich mit ihr hinüberzufliegen. So gewann sie etwas Zeit, um alles für ihre Ankunft vorzubereiten.

Auf jeden Fall wollte sie gleich nach ihrer Rückkehr beginnen, die Wohnung herzurichten. Vor allem die Wände und die Feuerleiter benötigten dringend einen neuen Anstrich.

Die Feuerleiter war Ann-Maries Lieblingsplatz. Wann immer sie in Ruhe einen Joint rauchen oder ein Bier trinken wollte, setzte sie sich hinaus auf den schmalen Treppenabsatz. Stundenlang träumte sie einfach vor sich hin oder beobachtete die Leute unten auf der Straße. Man kannte sich, wechselte ein paar freundliche Worte miteinander oder ließ einander in Frieden, je nachdem, wozu man gerade Lust hatte.

Gleich neben ihrem Haus stand eine alte, dem Verfall preisgegebene Fabrik. Dieses Objekt würde Anna bestimmt interessieren, sie war doch auf Revitalisierungsprojekte spezialisiert. Ann-Marie sah sich bereits in einem zweihundert Quadratmeter großen Atelier.

„Woran denkst du?“, fragte Anna.

„Ich zerbreche mir seit Tagen den Kopf, aber ich komme auf keinen grünen Zweig. Noch am frühen Abend habe ich mit ihr telefoniert. Sie hat etwas deprimiert geklungen, hat schon einiges getrunken gehabt, das habe ich an ihrer Stimme gemerkt. Außerdem hat sie ziemlich viel Unsinn geredet, mir eine Eifersuchtsszene gemacht, obwohl sie genau gewußt hat, daß ich allein nach Salzburg gefahren bin. Ich habe mich bemüht, sie zu beruhigen, so gut es eben über Telefon gegangen ist. Wir haben etwa eine halbe Stunde lang miteinander gesprochen, und zuletzt hab ich geglaubt, es wär mir gelungen, sie zu besänftigen. Jedenfalls hat sie mir versprochen, früh ins Bett zu gehen und keine Schlaftabletten zu nehmen. Ich hab mir Sorgen gemacht, leider viel zu geringe. Ich habe nur befürchtet, daß ihr schlecht werden könnte, deshalb habe ich sie beschworen, ja keine Tabletten zu schlucken. Du weißt vielleicht, daß sie sich eingebildet hat, ohne Valium kein Auge zumachen zu können.“

Er läßt seinen Kopf aufs Lenkrad fallen und schluchzt herzzerreißend. Zum Glück halten sie gerade an einer Kreuzung. Die Ampel zeigt Rot.

Was für ein erbärmliches Schauspiel!

Ann-Marie schenkt ihm einen verächtlichen Blick.

„Es ist grün, Alfred.“

Anscheinend ist er tatsächlich verwirrt. Der Motor stirbt ab. Hinter ihm ertönt aggressives Hupen. Verärgert gibt er Gas und legt einen Formel-1-Start hin. Sie klammert sich an ihren Sicherheitsgurt.

„Traut man dem Schlitten gar nicht zu. Anna hat ihn nicht richtig eingefahren. Ich bin überzeugt, er schafft locker 200 Sachen, man muß ihn nur ein bißchen treten."

Ann-Marie schaut gelangweilt auf die Uhr.

„Die Zeit vergeht viel zu langsam. Ich freue mich schon auf das Klimakterium, hoffe, daß mich Sex oder das, was man Liebe nennt, dann noch weniger interessieren wird als heute. Du bist nicht meiner Meinung? Nun gut, falls ich dann immer noch Bedürfnisse haben sollte, kann ich sie wenigstens ungestört genießen, ohne Angst vor Schwangerschaft und ohne diese lästigen Verhütungsmittel. Und ich werde auch endlich von dem Druck, um jeden Preis schön oder zumindest attraktiv sein zu müssen, befreit sein. Als alte Frau wird man sowieso nicht mehr beachtet, egal wie schön man aussieht. Falls du recht haben solltest und ich auch mit Sechzig noch Gelüste nach zartem, jungen Fleisch verspüre, so kann ich ja dafür bezahlen, sofern ich so gut bei Kasse bin wie heute. Ich glaube, es wäre mir nicht unangenehm, für Sex zu bezahlen. Allein die Vorstellung reizt mich. Ich habe es noch nie probiert. Hast du eine Ahnung, wieviel solche Jungen verlangen? Natürlich nicht, woher solltest ausgerechnet du das wissen. Du wirst sie dein Leben lang umsonst haben können. Jedenfalls freue ich mich aufs Altwerden. Ich male mir gern aus, wie wir beide uns dann in einem dieser häßlichen und sterilen Altersheime niederlassen, miteinander ein Zimmer teilen wie in unserer Jugend. Ewig meckernd und ständig angesäuselt, werden wir endlich ungehindert all unsere Marotten ausleben können, einander auf die Nerven fallen, wegen jeder Kleinigkeit streiten wie ein altes Ehepaar und doch nicht ohne einander sein können. Ich freue mich darauf, mit dir alt zu werden, Annemarie. Wir werden zusammen auf einem winzigen Balkon sitzen – unsere arthritischen Knie eingepackt in warme Wolldecken –, den Bäumen beim Sterben zusehen und über die anderen Heiminsassen lästern oder übers Essen schimpfen. Wir werden uns gegenseitig beschuldigen, beim Pokern zu betrügen, und du wirst mir mein ganzes Geld abknöpfen, weil du im Schwindeln viel geschickter bist als ich. Natürlich müssen wir dafür sorgen, daß immer genügend Bier und Wein im Haus ist. Oder, glaubst du, herrscht im Altersheim Alkoholverbot? Dann ziehen wir nicht hin. Vielleicht werde ich mir auch einen Hund zulegen und du dir eine Katze. Ich fürchte allerdings, daß dort das Halten von Tieren tatsächlich verboten ist. Wahrscheinlich werden wir uns mit einem dummen Vogel oder gar mit Stofftieren begnügen müssen."

Ann-Marie lachte, sie hatte weder für Vögel noch für Stofftiere viel übrig.

„Ich fürchte, wir werden diese Idylle nicht mehr erleben. Uns bleibt nur die Wahl zwischen Lungenkrebs und Leberzirrhose."

„Ich brauche unbedingt etwas zu trinken. Laß uns noch irgendwo einkehren."

Ann-Marie willigt ein.

Er hält vor einer Bar, in der es nur Sekt gibt, wie die Neonreklame über dem Eingang verrät.

Sie zeigt sich nicht sehr beeindruckt, als er ihren Arm nimmt und sie in das perfekt durchgestylte Lokal führt. Die schicken Typen an der Theke mustern sie unverschämt. Sie fühlt sich nicht wohl. Alfred dagegen scheint in Gesellschaft dieser Angeber richtig aufzublühen. Er wirkt gleich weniger deprimiert, leert sein Glas in einem Zug und bestellt ein zweites.

„Sekt belebt den Kreislauf."

„Mein Kreislauf ist in Ordnung. Anna hatte einen viel zu niedrigen Blutdruck, aber das soll ja besser sein als ein zu hoher. Weißt du, ob sie nach eurem Telefonat noch mit jemand anderem gesprochen hat?"

„Nein, ich glaube nicht. Sonntags ist niemand im Büro, nicht einmal dieser Steiner. Wahrscheinlich hat sie schon in der Früh mit dem Trinken begonnen."

„Aber Frau Maricek ..."

„Ja?"

„Sie war demnach die letzte, die Anna lebend gesehen hat."

„Das ist gut möglich."

„Sie hat nicht den Eindruck gehabt, daß Anna niedergeschlagen war. Angeblich hat sie sich sogar sehr gut gefühlt."

„Glaubst du im Ernst, daß Anna einer Putzfrau ihre wahren Gefühle gezeigt hätte? Sie hat doch immer Distanz gehalten, war eine richtige Grande Dame."

Ann-Marie will widersprechen, läßt es dann aber bleiben. Sie sehnt sich plötzlich nach New York, nach ihrer Straße und vor allem nach ihrer Feuerleiter. Selbst die schäbige Bar, in der Jeff arbeitet, wird, verglichen mit dieser feudalen Sektbar, zu einem geradezu paradiesisch anmutenden Ort.

„Ich gerate ins Schwärmen und ich lüge wie gedruckt. In Wahrheit habe ich schreckliche Angst vor dem Altwerden. Spürst du es auch schon, das nahende Alter, Annemarie? Ich spüre, wie es sich anschleicht, von Jahr zu Jahr schneller, ein unaufhaltsamer Prozeß. Bei dreißig wäre ich gern stehengeblieben oder besser noch bei fünfundzwanzig. Die Vergänglichkeit meiner Schönheit ist mir schmerzlich bewußt, sie bereitet mir körperliches Unbehagen, macht mich nervös. Früher habe ich mir kaum Gedanken über meine Schönheit gemacht, sie ist so selbstverständlich gewesen. Erst der drohende Verlust macht mir angst. Und diese Angst sitzt tief. Zum Glück bin ich wenigstens nie eines von diesen strahlend schönen Mädchen gewesen, nach denen sich jedes männliche Wesen, egal welchen Alters, einfach umdrehen muß, aber selbst um dieses bißchen gute Aussehen, das ich besessen habe, ist mir leid. Meine Augen haben an Glanz verloren, meine Lippen sind trocken und spröd, die Haut ist faltig, wird rauh. Ich brauche Unmengen von Make-up, um halbwegs passabel auszusehen. Meine Haare sind grau und schütter geworden. Ich verwende Tönungsshampoos, um sie blond zu erhalten, und spüle sie mit stinkendem Bier, um die alte Fülle vorzutäuschen. Auf meinen Händen entdecke ich die ersten dunklen Flecken. Altersflecken! Es nützt nichts, daß ich die Sonne meide, die Zeit kennt kein Erbarmen. All meine Anstrengungen sind von vornherein zum Scheitern verurteilt. Aber das Äußere ist das Wichtigste für eine Frau, ihr größtes Kapital, so sagt man doch. Egal, wie sehr ich mich dagegen gewehrt habe, während der Pubertät und auch danach, bewußt war es mir schon damals. Erinnerst du dich noch, wie ich mit sechzehn ausgesehen habe? Unförmig, ganz in Schwarz gekleidet, ungeschminkt und mit tausend Pickeln im Gesicht. Kein Mann, außer meinem Vater natürlich, hat sich für mich interessiert. Schon damals habe ich das Gefühl gehabt, das Leben wäre vorbei, und habe doch erst begonnen zu leben, bin hübscher geworden in den Zwanzigern, habe meine kindliche Molligkeit verloren, sie hat sich in Kurven verwandelt, wie sportbegeisterte Autofetischisten es ausdrücken würden. Ich habe sie kaum wahrgenommen, diese Schönheit, die auch nicht dem herrschenden Ideal entsprochen hat. Sie ist so rasch verflogen, ich habe keine Gelegenheit gefunden, sie zu genießen oder gar einzusetzen. Wie gern habe ich früher diese leichten, luftigen Sommerkleider getragen, die viel Bein und Busen sehen ließen. Heute behagt mir mein Anblick in solchen Kleidern nicht mehr. Geschickt verhüllt und gut verpackt steht mir schon eher. Und doch weiß ich, daß es auf den Inhalt ankommt und nicht auf die Verpackung. Alfred gegenüber erwähne ich diese Ängste nie. Er würde sich nur darüber lustig machen. Was verstehen Männer schon davon? Aber auch du kennst diese lächerlichen Probleme sicher nicht aus eigener Erfahrung, dir war dein Aussehen immer mehr oder weniger egal. Außerdem war dir dein Gesicht immer wichtiger als deine Figur. Wenn du wüßtest, wie sehr ich dich um diese Selbstsicherheit beneide."

Anna musterte kritisch die ansehnlichen Rundungen ihrer Freundin.

„Du bist so eine starke Frau", flüstert Alfred und greift nach ihrer Hand.

„Ich habe noch mit niemandem darüber gesprochen, aber ich glaube, du wirst mich verstehen. Du bist die einzige, die meinen Schmerz mit mir teilt, nur du weißt, was ich verloren habe."

Er seufzt und wischt sich mit der Hand über die Augen.

Was ist das nun wieder für eine neue Masche? Warum kann er mich nicht wenigstens mit seinen Tränen verschonen? Mir bleibt wirklich nichts erspart.

Ann-Marie ist nahe am Explodieren.

„Weißt du, ich mache mir schwere Vorwürfe, irgendwie fühle ich mich für ihren Tod verantwortlich. Wenn ich zu Hause geblieben wäre oder einen Tag früher heimgekommen wäre ..., so wichtig waren diese Geschäfte in Salzburg nun auch wieder nicht. Anna würde jetzt neben uns sitzen", schließt er in weinerlichem Ton und deutet mit einer theatralischen Geste auf den leeren Stuhl neben sich.

„Das glaube ich nicht."

„Was willst du damit sagen?"

„Aber Alfred, sie hat doch vorgehabt, dich zu verlassen und nach New York zu kommen. Du wirst mir doch nicht weismachen wollen, daß du von ihren Plänen keine Ahnung gehabt hast. Sogar die Leute in eurem Büro haben davon gewußt."

Er überlegt ein paar Sekunden zu lang, bevor er antwortet.

„Das stimmt nicht, im Büro sind sie ahnungslos gewesen. Ich habe selbstverständlich Bescheid gewußt. Wir haben vor meiner Abreise nach Salzburg darüber gesprochen und vorgehabt, nach meiner Rückkehr noch einmal in Ruhe über alles zu reden."

„Du hättest sie doch gar nicht mehr zu Gesicht bekommen. Die TWA fliegt morgens um sieben Uhr vierzig von Schwechat."

„Irrtum, sie hätte die sechzehn Uhr Maschine genommen, die ALIA, weil die direkt fliegt. Hast du das nicht gewußt?"

Ann-Marie ist sprachlos.

Phänomenal! Er hat tatsächlich für alles eine Erklärung parat.

Sie schüttelt den Kopf und entzieht ihm ihre Hand.

„Na, ist ja auch egal jetzt. Jedenfalls wäre ich rechtzeitig in Wien gewesen, um sie zum Flughafen zu bringen, und für ein Gespräch wäre uns auch noch genügend Zeit geblieben."

Ann-Marie runzelt die Stirn, aber ihr will einfach keine passende Bemerkung einfallen.

Ich werde alt, stellt sie verärgert fest.

„Heute mit Vierzig helfe ich nach mit teurer Chemie und exklusiver Garderobe. Ich brauche doppelt so lang, um halb so gut auszusehen wie früher. Die neugierigen Blicke werden seltener und begehrliche registriere ich überhaupt keine mehr. Spiegel und Waage verraten unerbittlich, daß ich mit den Jahren immer dicker und unansehnlicher werde. Allein die vierzig Zigaretten pro Tag bewahren mich davor, als fette Matrone zu enden. Die passenden kräftigen Schenkel und ausladenden Hüften besitze ich ja bereits. Alfred bezeichnet mich immer als Walküre, wenn er mich ärgern will. Gerade er mit seinem Bauch hat es nötig, über mich zu spotten. Manchmal, wenn es mir gut geht, finde ich mich mit meinem Übergewicht ab. Ich habe eben einen starken Knochenbau. Aber dann packt mich wieder der Ehrgeiz, und ich quäle mich mit sinnlosen Diäten und Hungerkuren. Mayo-Diät, Päckchensuppen, Obsttage, Ahornsirup, Weight Watchers – es gibt nichts am Markt, was ich nicht schon mindestens einmal ausprobiert hätte. Meistens verliere ich auch drei bis vier Kilos, die ich aber innerhalb von nur wenigen Tagen spielend wieder hinauffresse. Oft halte ich diese Schlankheitskuren nicht einmal eine Woche lang durch. Tagsüber gelingt es mir, mich mit Joghurt und Knäckebrot zu begnügen, aber an den langen Abenden stürze ich mich dann mit unvorstellbarem Heißhunger auf den leider immer vollen Kühlschrank. – Ich trinke zuviel, esse zuviel, rauche zuviel und habe Angst, krank zu werden. Mein Körper reagierte schon damals, als ich dahinterkam, daß Alfred mich betrügt, mit eigenartigen Beschwerden.

Nicht auszudenken, was mit mir passieren wird, wenn ich einmal ernsthaft erkranke. Ich schlug mich jahrelang mit Migräne herum, litt unter Magen- und Darmkrämpfen, Erbrechen und Herzbeschwerden und fraß sinnlos Tabletten in mich hinein. Mein Leiden sollte ihn treffen, wenn nicht zurückholen, so wenigstens Schuldgefühle hervorrufen, behauptete mein Analytiker. Und ich denke, er hat recht. Denn Alfred zeigte sich damals sehr besorgt um mich, hielt es sogar ein paar Monate lang ohne Freundin aus und bestand darauf, daß ich mich gründlich durchuntersuchen ließ, als Erste-Klasse-Patientin im Spital. Die Ärzte konnten nichts finden und schickten mich mit vielen Rezepten und guten Ratschlägen wieder heim. Aus dieser Zeit blieben mir zum Glück nur die Schlafstörungen erhalten. Eine Weile habe ich mich mit Valium vollgepumpt. Als selbst die höchste, vom Arzt erlaubte, Dosis nichts mehr half, stieg ich auf Großmutters altbewährte Hausmittel um, trank heiße Milch mit Honig, nahm Kräuterbäder und machte mir feuchte Umschläge. Es nützte alles nichts. Dann las ich einen Artikel über Akupressur und versuchte es damit. Für kurze Zeit trat eine gewisse Besserung ein, aber vielleicht bildete ich mir das auch nur ein. Schließlich fand ich mich damit ab, nächtelang wach zu liegen und zu grübeln. Obwohl ich sehr schreibfaul bin, ich fürchte, du hast in all den Jahren höchstens zwei Dutzend Briefe von mir bekommen, führte ich konsequent Tagebuch. Ich schrieb unzählige dieser kleinen, chinesischen Bücher voll, nicht, weil ich Angst vor dem hatte, was ich dachte, wie Doris Lessing es einmal formuliert hat, sondern, um alles festzuhalten, um ja nichts zu vergessen. Mit penibler Genauigkeit notierte ich jede Kleinigkeit. Du hast immer über meine bürokratische Ader gespottet und wirst daher nicht verstehen, welch wichtige Rolle diese Tagebücher spielen. Sie dokumentieren jede Gemeinheit meines lieben Ehemannes, jedes beleidigende Wort, alle Kränkungen und Demütigungen, die er mir zugefügt hat. Ich kann sie mir jederzeit wieder ins Gedächtnis rufen. Wann immer ich schwankend wurde, las ich in meinen kleinen, schwarz-roten Büchern und sofort verlor ich meine Zweifel. Alfred hat keine Ahnung von meinen Plänen, und ich werde mich hüten, ihm davon zu erzählen. Nicht weil ich befürchte, er könnte mich umstimmen – obwohl er es bestimmt versuchen würde –, sondern weil ich den endlosen Streitereien aus dem Weg gehen will. Er besitzt keinerlei Macht mehr über mich, dennoch fürchte ich seinen Jähzorn. In eine Scheidung würde er nie einwilligen. Für ihn steht zuviel auf dem Spiel. Wenn ich einfach abhaue, so wie ich es vorhabe, gilt das dann als böswilliges Verlassen? Ich muß unbedingt meinen Anwalt fragen, ob seelische Grausamkeit als Scheidungsgrund anerkannt wird. Bestimmt werde ich bei der Scheidung ordentlich draufzahlen, aber für Dummheit muß man eben bezahlen. Verzeih, ich will dich jetzt nicht mit diesem juristischen Kram langweilen, das schaffe ich schon allein. – Oder auch nicht", fügte sie leise hinzu.

„Anna hat mich ebenso gebraucht wie ich sie. Sie wollte nicht für immer wegbleiben. Ich weiß nicht, was sie zu dir gesagt hat, aber wir haben uns darauf geeinigt, daß sie für ein halbes Jahr zu dir fahren sollte, danach hätten wir weitergesehen. Sie hat dringend ein bißchen Abstand von allem gebraucht. Ihr Zustand ist in letzter Zeit sehr kritisch gewesen. Eine neue Umgebung, Tapetenwechsel, wie man so schön sagt, kann Wunder bewirken. Selbst die Arbeit hat ihr keinen Spaß mehr gemacht. Die Geschäfte sind nicht besonders gut gegangen. Ich habe versprochen, den Laden während ihrer Abwesenheit wieder auf Vordermann zu bringen."

„Aber Paul hat gesagt ..."

„Was sagt Paul?"

Seine Frage klingt beinahe wie eine Drohung.

„Paul hat mir von dem Vertrag erzählt. Der Verkauf des Büros ist doch nahezu so gut wie perfekt gewesen."

„Ach du meinst diese leidige Geschichte. Auch in diesem Punkt bist du nur unvollständig informiert. Die ganze Angelegenheit ist viel komplizierter als du denkst."

Er scheint ziemlich ungehalten, sucht offensichtlich nach einer plausiblen Erklärung.

„Also, wo sind wir stehengeblieben? Ich weiß schon, das Büro. Es stimmt, wir haben eine Zeitlang mit dem Gedanken gespielt, es aufzugeben. Um ehrlich zu sein, mir ist es nie sehr ernst damit gewesen. Ich habe nur eingewilligt, um Anna bei Laune zu halten. Im Stillen habe ich mir vorgenommen, die ganze Angelegenheit mit Paul zu regeln, sobald Anna weg gewesen wäre – von Mann zu Mann, sozusagen. Denkst du nicht auch, daß dies nur wieder eine von ihren verrückten Ideen war? Sie wäre bestimmt heilfroh gewesen, wenn sie bei ihrer Rückkehr ein intaktes Büro vorgefunden hätte. Aber laß uns jetzt gehen, ich bin müde. Es hat gut getan, mit dir zu reden. Wir können es uns noch zu Hause gemütlich machen. Ich ertrage jetzt keine fremden Gesichter mehr um mich, ich fühle mich so leer, richtig ausgelaugt."

„Ich langweile mich nicht man kann sich doch nur langweilen wenn es Hoffnung Hoffnung welcher Art auch immer gibt aus Prinzip hoffnungslos habe ich nur selten das Gefühl etwas zu versäumen wenn die Langeweile stirbt existiert auch keine Sehnsucht mehr Endstation die Tage schleppen sich dahin ein Tag vergeht wie der andere die Nächte sind flau zu nichts Besserem gut als verschlafen zu werden auch schlaflose Nächte sind wertlose Geschenke die nicht benützt werden denn die Angst verfolgt mich auch des Nachts die Angst das Haus zu verlassen mich den Blicken und Begierden auszuliefern jeder Weg wird zu einem unfreiwilligen Abenteuer on the road again ziellos laufe ich durch die Straßen die im Dreck ersticken der Gestank der Kanäle vermischt sich mit nur allzu menschlichen Ausdünstungen und dem Geruch von ranzigem Fett Staub und Hundescheiße bestimmen das Bild der Stadt Bilder meiner Kindheit Ekel schnürt mir die Kehle zu mein einziges Parfüm ist der Rauch der Zigaretten der mich einhüllt wie eine Tarnkappe auf den geschichtsträchtigen Plätzen tanzen nachts die Ratten vielleicht tanzten sie immer schon dort für mich ist kein Platz in dieser Stadt der Ratten der Boden droht unter meinen Füßen zu versinken ich spüre meine Beine nicht mehr Ameisen klettern an ihnen hoch Vorboten eines langsamen Todes kommt der Tod plötzlich so geht er mich nichts mehr an geht mich überhaupt etwas an seit ich keinen Sinn in meinem Leben suche scheint es sinnlos Fragen nach dem Sinn zu stellen der Verlust des Verlangens der Gefühle bedeutet mir nichts ich will nur vergessen vergessen wie es war war es überhaupt weit weg von allem werde ich vergessen das Grau die Strenge die Lieblosigkeit verlieren an Bedeutung die Mauern können meine Träume und Sehnsüchte nicht länger einsperren sie kehren zurück leuchten intensiver und bunter denn je wo eben noch Leere war hat sich Hoffnung eingeschlichen ich will sie festhalten bevor sie wieder verschwindet möchte bestimmte Träume wieder und wieder träumen und hoffen in der Wiederholung weiterzukommen aber zwischen Traum und Wirklichkeit liegt eine tiefe Kluft unüberbrückbar wie das Leben ein Fest fürs Leben unbelästigt von lächerlichen Alltagsproblemen und absurden Minderwertigkeitsgefühlen ohne die mißgünstigen Blicke der anderen ohne Hindernisse die einem aus Neid oder Angst in den Weg gelegt werden ohne die ständige Furcht die nicht kreativ macht sondern nur schwächt angstfrei werden in einem Hotel wohnen um die Orte schneller wechseln zu können ohne jeden häuslichen Ballast der wie ein Mühlstein um meinen Hals hängt von einem Ort zum anderen gehen so wie man von einer Umarmung in die andere flieht von einer Person zur anderen eilt unter tausend Gesichtern Abstand gewinnen von mir selbst abreisen erkennen wann es Zeit dafür ist rechtzeitig verschwinden die Flucht ergreifen und doch weiß ich wie sinnlos diese Hoffnungen und Sehnsüchte sind nie wird es mir gelingen sie zu realisieren weil es an Glanz mangelt an Fröhlichkeit und an Schönheit die zu einer Grimasse der Eitelkeit erstarrt das Lachen reduziert auf ein höhnisches Gelächter oder ein falsches hinterhältiges Grinsen eine Stadt ohne Lachen ist eine tote Stadt eine Stadt der Toten und dennoch liebe ich sie diese Totenstadt vor allem im Sommer wenn die Sonne erbarmungslos auf das schmutzige Pflaster brennt und sich der Smog mit dem Duft nach geheimnisvollem Vergnügen verbindet in den erregenden Nächten kehren die längst totgesagten Gefühle wieder in den stürmischen Umarmungen erwacht die verängstigte Leidenschaft aufs neue diese unerträglichen quälenden Sommer in der Hitze der Stadt die sich so rasch verleben und mit jedem Jahr schneller und schneller den Herbst androhen sobald sich die Sonne in südlichere Gefilde zurückzieht beginne ich zu verfallen werde bleicher und bleicher bis Leichenblässe mein Gesicht entstellt mein Lächeln gefriert das Licht in meinen Augen erlischt eisiges Schweigen und tiefe Furchen graben sich in meine Züge die Rache der Sonne der Leidenschaft die einen stillen Tod stirbt die Liebe wird flau eintönig und grau selbst die Küsse schmecken schal wie das Bier das ich trinke weil ich Tee hasse tea for two birgt in sich den Vorgeschmack auf endlose Winternächte mit dem Rückzug in die kalten Mauern beginnt das Warten auf die Sonne das Licht ein monatelanges zermürbendes Warten frierend trübsinnig und dumpf vegetiere ich dahin verfalle in die altbekannte Lethargie geplagt von ständiger Müdigkeit sehne ich mich nur mehr nach Schlaf nach einem langen tiefen Schlaf zwar habe ich noch meine Erinnerungen aber davon kann man auch nicht ewig zehren im Gegenteil ich werde ewig mit diesen Erinnerungen belastet sein und doch müßte es möglich sein einfach zu leben die anderen leben ja auch indem sie verdrängen sich selbst beschränken und sich ducken wie geschlagene Hunde Angst haben vor dem Ungewöhnlichen und dennoch bemüht sind genau diesem nachzujagen ihre Wohnungen vollstopfen mit exotischem Kram der ihnen die Illusion der Fremde und Ferne vermittelt Träume von der Südsee Palmen türkisblaues Meer und weißer Sandstrand in den wenigen Wochen im Jahr die sie ganz für sich allein haben diese Träume einzuholen versuchen per Charterflug und Billigstkategorie drei Wochen zum Preis von zwei reiner Blödsinn sich an andere Orte zu begeben denn alle Orte gleichen einander wie die Menschen die in ihnen leben sich einsperren lassen in zwei Zimmer acht Stunden drei Wochen ein Gefängnis in dem sie von der Freiheit träumen um die ständigen Demütigungen leichter ertragen zu können sich wiegend in Ordnung und Sicherheit law and order die auch ich nicht zu verlassen wage man kann nicht fort von sich selbst es gibt keinen Aufbruch die ungestümen Ausbruchsphasen sind vorbei der Aufstand des vernunftlosen Begehrens und der utopischen Träume ist gescheitert was uns bleibt ist zu reden immer wieder zu reden über das Grau die Dunkelheit die beklemmende Stille den Zwang die Einsamkeit und die Oberflächlichkeit die Lust verkommt zur Peinlichkeit Leidenschaft und Obsession besitzen einen obszönen Beigeschmack Unsicherheit und Angst ebenso verbreitet wie Neid und Mißgunst wie ist es möglich sich dieser Gesellschaft zu entziehen ohne in Mystizismus zu versinken ohne sprachlos zu werden in dieser geschwätzigen Zeit nackte Worthülsen ersetzen das Gespräch Fernsehsprache Werbesprache die Leere wird mit blöden Witzen überbrückt Sinn für Humor scheint die einzig wirksame Waffe gegen Dummheit zu sein die wachsende Gleichgültigkeit gegenüber den Erwartungen und Meinungen der anderen eine Chance taub zu werden für ihre Urteile und Ansprüche gesellschaftlich für nichts verantwortlich sein ist verantwortungslos sein nicht gleichbedeutend mit frei sein sich zurückziehen aus der seichten Intimität rebellieren gegen repressive Moral Werte und Normen als das erkennen was sie sind und daher permanent in Frage stellen auch wenn nicht mehr viel Zeit bleibt um diesem Gefängnis der ausgleichenden Vernunft zu entfliehen darf ich mich nicht drängen lassen nicht selbst bedrängen keine Scheu haben das Falsche zu wählen denn alles ist falsch künstlich verlogen und lächerlich keine Scheu haben vor der Lächerlichkeit die angebliche Freiheit der Narren nützen sie nicht mit Medikamenten bekämpfen Tabletten gegen Lustlosigkeit gegen Verfolgungswahn gegen Schlaflosigkeit gegen Krämpfe verbunden mit meiner Weiblichkeit die mich meinen Körper als eine riesige ekelhafte Eiterbeule die jeden Moment aufzuplatzen droht empfinden lassen der vielgerühmte weibliche Masochismus früh haben wir gelernt zu leiden und Schmerz zu genießen das Altwerden scheint die einzig große Tragödie im Leben zu sein im Vergleich dazu erscheinen mir alle anderen Schmerzen nichtig und klein was würde ich nicht darum geben noch einmal zwanzig zu sein oder wenigstens dreißig meine Seele für die ewige Jugend für immer jung geblieben fällt es mir schwer zu glauben daß die Weisheit die man angeblich erst im Alter erlangt ein gerechter Ausgleich für die verlorene Jugend ist denn was nützt es mir zu wissen wenn ich mit meinem Wissen nichts mehr anfangen kann reif und abgeklärt sein bedeutet bereit sein für den Tod bald werde auch ich keine Erregung mehr verspüren keine Aufregung mehr erleben nur mehr auf das Ende warten ein sich unendlich in die Länge ziehendes Warten erfüllt mit Angst vor dem Alleinsein vor der Einsamkeit das Vertraute Liebgewonnene erscheint plötzlich fremd die Vertrautheit vorgetäuscht das Vertrauen gespielt hilflose Versuche die Isolierung zu durchbrechen doch die Isolation schreitet unbeirrt fort Fluchtversuche in romantische Tagträume vergeudete Energie keine Zeit zum Träumen nichts als Klischees bestimmen meine eigenen Träume die fade Erotik des Asphaltdschungels Glaspaläste und Betonwüsten Highways und Tankstellen Hollywoodstars in silbernen Blechkutschen chauffiert von hübschen schwarzgelockten Jünglingen es sind die Bilder meiner Jugend die Kinowelt der Fünfzigerjahre die mich nach wie vor in Erregung versetzen die Lichter der Großstadt laute Straßen rauchende Schlote graue Häuserfassaden keine Wald- und Wiesenromantik keine orangeroten Sonnenuntergänge kein Sternenhimmel die Natur interessiert mich nicht besonders alles verwelkt ohnehin Wärme empfinde ich nur in der Anonymität in meinem anonymen Selbst das nichts Sinnlicheres kennt als Hitze Stürme grelle leuchtende Farben und tiefes Schwarz das Ideal der Schwärze radikale Finsternis der Verzicht auf exzessiven Genuß nicht ident mit Konsumverzicht Genuß erinnert zu sehr an Sucht lenkt ab von den Gedanken die nur um Arbeit und Geld kreisen um das eigene Heim den eigenen Garten und das eigene Grab klein privat überschaubar unwichtige Kleinigkeiten die es sich scheinbar nicht zu bekämpfen lohnt entweder landet man sowieso in der Gosse oder man paßt sich an auch blinde Anpassung kann exzessiv betrieben werden mit Genuß vielleicht ein sprachliches Mißverständnis die Begriffe verschwimmen entschuldigen nur Großzügigkeit Toleranz Humanität ebenso inhaltsleere Schlagworte beliebig verwendbar oft das genaue Gegenteil dessen ausdrükkend was sie einst bedeuteten längst überholte Worte das Leben ist schneller geworden das Loch zwischen Vergangenheit und Gegenwart größer was vor einem Jahr geschah scheint heute bereits einem anderen Zeitalter anzugehören no future auch ich glaube nicht an die Zukunft obwohl sie das einzige zu sein scheint was zählt in diesem geschichtslosen Einheitsbrei werden keine Widersprüche sondern nur eindeutige Positionen verlangt die wiederum nur dazu dienen die Widersprüche zu verschleiern die Interessen sind austauschbar besondere Vorlieben machen mich mißtrauisch behauptet einer von sich selbst die Frauen sehr zu lieben handelt es sich bestimmt um einen Frauenfeind warum rede ich nicht über die Liebe die vergangene oder die gegenwärtige meine Gedanken verweilen nur kurz bei diesem Thema entfliehen sobald ich mich ernsthaft bemühe mich damit zu beschäftigen verlogenes Liebesgeschwafel dumme Schwüre ich kann nichts anfangen mit der Liebe der Männer mit ihrer Grausamkeit ihrem Egoismus ihrer übertriebenen Selbstgefälligkeit und die Liebe der Frauen diese unmögliche Liebe wie ein tausendjähriger Schrei eine unheilbare Krankheit geheimnisvoll trügerisch tödlich für Männer die an ihrer Feigheit noch ersticken werden feige weil sie sich aus Angst vor der Liebe für Geld Karriere und Macht entscheiden für eine Macht die nach Normierung schreit und sich mit Liebe nicht vereinbaren läßt der Verzicht auf Macht würde Anarchie bedeuten die Anarchie der Bedürfnisse die einzig mögliche Antwort deshalb muß sich die Macht vor der Liebe schützen sie mit Gewalt bekämpfen denn die Gewalt ist der Polizist der Macht die mit der Liebe nur die Theatralität gemeinsam hat die Inszenierungen der Macht erinnern fatal an die dramatischen Szenen einer Ehe oder an eine Boulevardkomödie mit schlechten Schauspielern cry baby Männer kennen weder die Liebe noch die Leidenschaft verwechseln Leidenschaft mit einem kurzen Vergnügen und Liebe mit einem gepflegten Heim sie bemühen sich nicht einmal zu lieben bestenfalls tragen sie dazu bei daß sich unsere Körper weniger einsam fühlen doch die Nächte sind kurz und ihr Schlafbedürfnis ist groß feige auch wir weil wir nicht wagen nach der Macht zu greifen uns mit der Rolle der hilflosen Zuschauerin begnügen wir haben eben keine Zeit uns um all diese unwichtigen Kleinigkeiten zu kümmern beschäftigt und voll ausgelastet mit Männern der Traum von einer männerlosen Gesellschaft ist ausgeträumt wir brauchen sie um uns zu betäuben und übersehen dabei was für eine ballaststoffreiche Kost sie sind jedes noch so kleine Problem eines männlichen Wesens sei es psychischer oder physischer Natur bringt uns total aus der Fassung wirft uns aus unseren geordneten Bahnen tötet unseren Verstand zuviel Verständnis zuviel Einfühlungsvermögen nur selten holt mich die Vernunft ein stoppt mich in meiner Opferwut und verhindert im letzten Moment meine totale Selbstaufgabe für alles fühlen wir uns verantwortlich übernehmen freiwillig diese Verantwortung die schwer auf unseren angeblich so schmalen Schultern lastet versuchen nicht einmal uns von dieser Last zu befreien sondern tragen sie mit Demut und Geduld wofür und wozu frage ich mich sorgen wir uns bemühen wir uns und hören wir ihnen noch zu nur Frauen können wirklich zuhören weil sie anscheinend selbst nichts zu sagen haben reduziert auf unsere Weiblichkeit haben wir uns keinen Raum zum Handeln geschaffen wir können nicht vergessen und sind daher auch nicht fähig zu handeln wie es ein besonderer Freund unseres Geschlechts einmal formulierte großzügig verzichten wir auf die Macht die wir ohnehin nicht besitzen dafür machen wir uns jede Menge Gedanken über ihren Mißbrauch anstatt endlich zu lernen Macht zu gebrauchen uns einzumischen wenn es sein muß und es muß sein ebenso unerbittlich und brutal vorzugehen wie es uns vorgezeigt wird aber dazu haben wir keine Kraft sie wurde verschwendet auf die Liebe ständig reden wir über die Liebe über Gefühle über Beziehungen scheitern daran und beginnen von neuem haben wir uns deshalb für die Liebe entschieden nein wir bleiben unentschieden glauben nur uns für die Liebe entschieden zu haben sind aber im Unentschieden steckengeblieben haben weder die Macht noch die Liebe für uns reden nur mehr über diese als über jene und meinen die Liebe zu kennen aber wir bleiben einfach nur an jemandem hängen und diese Abhängigkeit nennt sich dann Liebe immer haben wir Angst sie zu verlieren aber kann man etwas verlieren was man gar nicht besessen hat besessen nur von dem Glauben an die wahre Liebe doch die Frage nach der Wahrheit ist in Bezug auf die Liebe falsch gestellt dennoch wünsche ich mir eine makellose in schönen bunten Bildern ablaufende Liebe vertraue auf die Einzigartigkeit meiner Gefühle und stelle den absoluten Exklusivitätsanspruch gezwungenermaßen enttäuscht suche ich dann nach einem Gegengift bekämpfe einen Mann mit dem anderen und gerate doch immer wieder an den Falschen den ich betrüge so wie ich mich selbst betrüge indem ich vorgebe noch an die große einmalige Liebe zu glauben only you es ist immer die gleiche Sehnsucht die mich plagt die Sehnsucht nach ewiger Jugend nach ewigem Sommer und ewiger Liebe dieses schmerzhafte Verlangen nach dem anderen das sich nie erfüllt nicht einmal sexuell bis unter die Bettdecke kriecht der Sauberkeitswahn keine Spermaflekken auf dem Laken das Handtuch duftet nach Chemie und auf dem Nachtkästchen steht das Deodorant bereit für den schmutzigen übelriechenden Sex Videos clean und aus coolem Material befriedigen inzwischen die Bedürfnisse der Männer viel besser und schneller wann wird man endlich mit Videorekordern bis zur totalen Erschöpfung vögeln können ich bin jetzt schon erschöpft aber ich werde weiterreden und wenn ich alles nur flüchtig anschneide ohne mich hineinzusteigern nüchtern zu betrachten versuche dann werde ich es vielleicht schaffen Ordnung in meine Gedanken zu bringen eine Entscheidung die längst getroffen erneut treffen und mich darin bestärken man kann über alles reden die Unfähigkeit zu reden resultiert in meiner Unsicherheit das gesprochene Wort läßt sich nicht mehr rückgängig machen Unehrlichkeit gegenüber den anderen und vor allem mir selbst gegenüber aber was heißt schon Wahrheit es ist doch nur ein Wort wie jedes andere auch genauso bedeutungslos wie meine nichtssagende Verbindlichkeit meine aggressive Freundlichkeit meine seltsame Unentschlossenheit nichts als Symbole meiner Feigheit eine Reaktion auf Unveränderbares ein ohnmächtiges Herumschlagen die Falschen treffen diejenigen verletzen die man nicht verletzen darf weil sie noch schwächer sind als man selbst die Aggressionen ausleben auf Kosten von Unschuldigen doch Unschuld ist nur eine moralische Kategorie auch sie sind schuldig erzogen zu Gehorsam Unterwürfigkeit und übertriebener Höflichkeit hinter der sich nichts als pure Aggression verbirgt schaffen auch sie es nicht sich vom Druck ihrer Umgebung freizumachen gesichtslose Menschen die wie Automaten funktionieren innerlich bereits tot so tot wie ich denn auch mir wurde schon früh ausgetrieben was ich wirklich liebte früh viel zu früh lernte ich den existentiellen Alptraum ich habe keine eigene Meinung übernehme die Meinung der anderen die auch nicht deren eigene ist und entdecke an mir selbst Zeichen dieser alles zerstörenden Abgestumpftheit die wie eine ansteckende Krankheit ja wie eine Seuche grassiert unweigerlich wird man ängstlich kleinlich autoritätshörig und provinziell die Hierarchie ist im Kopf aber was ist das bloß für ein Ungeheuer das das

Beste in uns zerstört und nur mehr leere Hüllen übrigläßt längst bestimmt nicht mehr das Sein sondern der Schein das Bewußtsein das Böse trägt die Maske der Harmlosigkeit versteckt sich hinter einer offen entgegengestreckten Hand die Infamie besteht nicht in einer lautstarken Beleidigung sondern in einem hinterhältigen Flüstern wie ein gemeines Raunen zieht es durch die Stadt ich höre Stimmen in der Nacht leise murmelnde Stimmen und möchte mir am liebsten die Ohren zuhalten um nichts mehr hören zu müssen ich schreie in der Nacht es sind stumme Schreie die keiner hört und dann die Stille das Schweigen das bißchen Wut das viel zu schnell verraucht und künstlich am Leben erhalten werden muß nur wenn ich wütend bin habe ich das Gefühl zu leben diese Unruhe in mir frißt mich auf zerstört den letzten Rest meiner Selbstachtung die ohnehin schon beschädigte Identität von ständig neuen Zusammenbrüchen bedroht doch der Drang sich selbst zu beschädigen schließt das Verlangen nicht aus auch die anderen zu zerstören sie mitzureißen wie ein starker Sog ein Strudel der einen unbarmherzig in die Tiefe zieht gemeinsam krepiert es sich anscheinend leichter geht es einem besser sorgen die anderen garantiert dafür daß man auch bald wieder in Depressionen schwelgt es scheint nicht erlaubt glücklich zu sein man sollte sich das Leben nehmen wenn man nichts mehr zu erwarten hat eine Art Massenselbstmord vielleicht doch der wird ohnehin auf subtile Art betrieben wenn ich trinke beobachte ich mich selbst so wie ich andere beobachte und bin mir selbst so fremd wie eine andere Person ich weiß daß erst der Tod alles verändert dennoch interessiert mich nicht was nach dem Tod kommt denn es kommt nichts seit ich erkannte daß es keinen Halt gibt suche ich auch keinen mehr die Verarmung der Gefühle führt zum Verlust der Identität nicht nur der Tod ist phänomenal im Auslöschen von Identitäten die vielleicht schlimmste Verarmung äußert sich für mich darin das Verlangen nicht mehr zu kennen es zu ersetzen durch Hysterie und Zwänglichkeit ununterbrochenes Gerede schale abgeschmackte Banalitäten und Plattheiten reden immer nur reden die innere Anspannung zerreden der sexuellen Bedürftigkeit durch permanentes Reden Ausdruck verleihen sich den ganzen Mist von der Seele reden wie verräterisch sind die vielen Worte primitive Selbstanalysen pseudopsychologisches Geschwafel rücksichtslos unsensibel auf den anderen nicht eingehend jede Distanz verletzend nur am eigenen Elend interessiert die Nabelschau treibt seltsame Blüten und doch findet sich immer wieder ein mehr oder minder freiwilliges Opfer das sich als Mistkübel benützen läßt bei dem man den eigenen Unrat abladen kann der mißbraucht wird und vergewaltigt zum stummen Zuhörer degradiert und fürs Zuhören nicht einmal bezahlt professioneller Zuhörer eine lukrative Berufsperspektive für die Zukunft fast so gefragt wie Freizeitanimateure die Sandkastenspiele für Erwachsene organisieren und uns motivieren unseren kindischen Ambitionen freien Lauf zu lassen nicht nur im Club- oder Abenteuerurlaub dürfen wir uns wie Kleinkinder benehmen Regression scheint außer Fernsehen die einzig legitime Form der Entspannung zu sein daß die Arbeitswelt kaputtmacht wissen mittlerweile alle dennoch kämpfen sie um Überstunden gefangen im mörderischen Konkurrenzkampf und stupiden Leistungsdenken die jede intellektuelle Aktivität töten um erfolgreich zu sein haben sie sogar gelernt vom Versagen zu träumen meine Sehnsucht nach dem anderen nach Menschen die nicht meine Sprache sprechen nach der absoluten sexuellen Befriedigung nichts als Flucht aus Resignation und Frustration meine wachsende Gleichgültigkeit gegenüber Konventionen und gesellschaftlicher Anerkennung erlaubt mir wenigstens diese kleinen gedanklichen Fluchtversuche doch an all dies denken heißt natürlich auch wieder an die Realität denken ein teuflischer Kreislauf der nur in Zynismus münden kann nichts ist einfacher als sich über die anderen zu amüsieren sie bieten abendfüllende Programme lustiger als jeder Witz unterhaltsamer als jeder Klamauk aktiver Widerstand nützt nichts schmeichelt vielleicht dem Ich ist jedoch eher ein ästhetisches Problem sich verweigern die Rolle des passiven unbeteiligten Zusehers spielen und nicht mehr darüber nachdenken wie es anders sein könnte ich hasse es mir meine Gedanken zu machen zu allem und jedem Gedankenlosigkeit wäre vielleicht ein Ausweg gegen nichts mehr kämpfen den Dingen ihren Lauf lassen und sich selbst treiben lassen bis zur Bewußtlosigkeit in den Tag hinein leben wie es so schön heißt sich hineinstürzen ins Leben für die Toten mitleben mit jener verzweifelten Intensität die ihrer würdig ist aber es funktioniert nicht Selbstmitleid und Melancholie die treuen Begleiter meiner Einsamkeit lassen sich nicht verjagen behaupten tapfer ihre Stellung überall tauchen Schranken auf unsichtbare aber deshalb nicht weniger einengende Grenzen hinter verschlossenen Türen findet der Ausbruch nur in meiner Phantasie statt die Ordnung ist stabil hält so kleine Verrücktheiten spielend aus keine Spur von Unordnung in Sicht es ist zwecklos sie zu suchen aufhören nicht nur zu denken sondern auch zu suchen die kategorische Strenge der hohe Anspruch an andere lassen nicht zu daß etwas Neues entsteht mich quält keine Neugierde mehr alles scheint schon einmal da gewesen es gibt nichts Neues ich bin müde geworden und wünsche mir längst Gesagtes nicht immer wieder sagen zu müssen längst Gedachtes nicht noch einmal überdenken zu müssen vielleicht findet man das andere das Fremde zufällig hier unter den Menschen mit denen man notgedrungen zusammenlebt in einer Stadt an einem Ort oder wäre es klüger die Bequemlichkeit aufzugeben und die zu fliehen die man besser kennt als sich selbst ihre Ängste ihre verzweifelten Versuche sich heraus und nach oben zu strampeln ihre scheinbare Zufriedenheit und Sattheit an der man besser nicht kratzt ich will sie nicht so gut kennen sie erinnern mich zu sehr an mich selbst."

„Du darfst das ganze Gerede nicht so ernst nehmen, Ann-Marie. Die Leute reden viel, wenn der Tag lang ist. Ich habe gesehen, wie du dich mit diesem Säufer unterhalten hast, und möchte lieber nicht wissen, was der für unsinniges Zeug von sich gegeben hat. Natürlich sind alle völlig aus dem Häuschen gewesen. Keiner hat mit sowas gerechnet. Die wildesten Gerüchte haben die Runde gemacht. Bestimmt sind dir jede Menge Schauermärchen zu Ohren gekommen. Na, spuck's schon aus, ich seh doch, daß dich etwas bedrückt."

Sie haßt es, wenn jemand in diesem Ton mit ihr spricht. Mühsam beherrscht antwortet sie: „Ja, du hast recht. Der Rechtsanwalt hat etwas von Scheidung gemunkelt."

„Der gute, alte Doktor Gerlich."

Alfred lacht gezwungen.

„Fängt der jetzt auch schon an zu phantasieren. Das mußt du mir oben erzählen. Wir sind gleich da."

Der Gedanke, Annas Wohnung zu betreten, macht sie nervös. Er bemerkt ihr Zögern.

„Du wolltest doch mit hinaufkommen, oder hast du es dir inzwischen anders überlegt? Ich bringe dich auch in dein Hotel, wenn du willst."

„Nein, nein, ich komme gern auf einen Sprung mit rauf. Weißt du, ich hab gehofft, ich könnte vielleicht ein paar von Annas Sachen haben, als Erinnerung."

Es ist ihr sichtlich unangenehm, Alfred um etwas bitten zu müssen.

„Vor allem möchte ich meine Briefe und die Fotos, die ich ihr im Laufe der Jahre geschickt habe."

„Aber selbstverständlich. Ich habe nur gedacht ... ist egal."

„Was hast du gedacht?"

„Nun, von Annas persönlichen Sachen möchte ich mich nur sehr ungern trennen, das mußt du verstehen, auch für mich hängen viele schöne Erinnerungen daran."

„Es geht mir wirklich in erster Linie um meine Briefe."

Fluchend fährt Alfred dreimal um denselben Häuserblock, bis er endlich einen Parkplatz findet.

Es hat wieder zu nieseln begonnen.

Die Sonne wagte sich hervor. Ein warmer Wind vertrieb die letzten Wolkenfetzen. An den Fensterscheiben klebten noch ein paar Regentropfen.

„Ich würde mich gern hinaus auf die Terrasse setzen, ich brauch ein bißchen frische Luft", sagte Ann-Marie. Anna war einverstanden, klappte die schwarz-weiß gestreiften Liegestühle auf und wischte den Holztisch ab.

Ann-Marie schlüpfte aus ihren schweren Stiefeln, zog den Rock und das Hawaihemd aus und legte sich, nur mit ihrer Unterwäsche bekleidet, in den gestreiften Stuhl.

Hunderte von dunkelbraunen Sommersprossen sprenkelten ihre Haut, sie hatte die bleiche, empfindliche Haut der Brünetten. Anna begab sich sofort auf die Suche nach dem Sonnenöl vom vergangenen Jahr. Ann-Marie schloß die Augen. Der lange Monolog ihrer Freundin hatte sie erschöpft. Auch Zuhören kann anstrengend sein.

„Massierst du mir bitte den Rücken, vorne kann ich mich selbst einschmieren“, bat sie Anna, die gerade ihre Beine mit Sonnenöl bearbeitete.

„Deine Füße sehen einfach schrecklich aus. Pediküre ist für dich wohl ein Fremdwort. Willst du nicht ein Fußbad nehmen?“

„Stinken sie so sehr?“

Ann-Marie grinste.

„Nein, nein, aber ich würde dir gern die Nägel machen, wenn du erlaubst.“

„Nur zu, laß dich nicht aufhalten. Aber bring mir bitte vorher noch einen Drink. Kein Bier mehr, ich hätte jetzt gern etwas Stärkeres. Hast du Whisky im Haus?“

„Da muß ich in Alfreds Büro nachsehen. Ich glaube, er hat eine Flasche für besondere Anlässe im Schreibtisch versteckt.“

„Gut, schau mal, ob du was auftreiben kannst, ich gehe mich inzwischen duschen, ich stinke wirklich wie eine alte Sau.“

„Nein, bleib sitzen, ich mach dir ein heißes Fußbad, duschen kannst du am Abend. Genieß jetzt die Sonne und laß dich ein bißchen von mir verwöhnen.“

Ann-Maries Protest fiel sehr schwach aus. Sie rekelte sich zufrieden in ihrem Liegestuhl.

Verwundert stellte sie fest, daß die Terrasse ziemlich verwahrlost aussah. In den schmalen Blumenbeeten entlang des rostigen Geländers wucherte Unkraut, nur in den Kästen, die außen am Geländer angebracht waren, blühten kümmerliche Stiefmütterchen. Bei der Mauer lagen leere Flaschen, Ölkanister, ein kaputtes Fahrrad und jede Menge unbenützter Blumentöpfe. Der künstliche Rasen reichte nur bis zur Hälfte der Terrasse, der Rest war betoniert. Der Gedanke, daß das Geld nicht gereicht hätte, drängte sich förmlich auf. Büro und Wohnung wirkten von hier aus wie zwei Türme einer mittelalterlichen Festung.

Anna kam mit einer Flasche Whisky unter dem Arm aus dem Büro.

„Mit viel Eis, so hast du ihn am liebsten, wenn ich mich richtig erinnere."

„Ja bitte. – Du sitzt selten hier draußen, nicht wahr?"

Anna nickte, sagte aber nichts. Sie war nicht schwindelfrei und litt unter Höhenangst. Ihrer Freundin zuliebe würde sie es jedoch ein paar Stunden auf der Terrasse aushalten. Sie mied die Nähe des Geländers und rückte ihren Liegestuhl näher an die Hausmauer.

Jeden Sommer nahm sie sich vor, das Geländer erneuern zu lassen, vielleicht sogar eine hohe Ziegelmauer zu errichten. Aber im Herbst vergaß sie dann wieder darauf.

„So und jetzt kriegst du dein Fußbad und einen Whisky zum Aufwärmen."

„Kannst du dich erinnern, daß wir jemals so einen saukalten August gehabt haben? Vielleicht sollte ich einheizen, aber ich bin, ehrlich gesagt, zu faul, um jetzt noch in den Keller zu gehen", sagt Alfred, während sie auf den Lift warten.

Das Licht im Stiegenhaus funktioniert nicht. Er nimmt Ann-Marie bei der Hand, und sie stolpert widerwillig hinter ihm her.

Die Wohnung sieht aus wie immer, nichts deutet darauf hin, daß jemand verreisen wollte. Frau Maricek hat gründliche Arbeit geleistet.

Ob Joe von den gepackten Koffern im Vorzimmer nur geträumt hat?

Auf einem Sessel liegen ein paar Kleidungsstücke. Beim Anblick von Annas Wäsche überkommt sie wieder dieses Würgen im Hals.

Mit zitternden Knien läßt sie sich auf die Couch fallen und bittet Alfred um einen Drink. Ihre Stimme droht zu versagen.

Erleichtert, daß ihr seine Anwesenheit für ein paar Minuten erspart bleibt, versucht sie, ihre Fassung wiederzugewinnen. Aber die schrecklichen Bilder wollen nicht verschwinden.

Sie sieht eine Frau auf der Terrasse stehen und hinunterstarren. Die Frau steht auf den Zehenspitzen und beugt sich weit über das Geländer. Dann wird dieses Bild durch ein anderes abgelöst.

Auf dem grauen Pflaster liegt ein zerschmetterter Körper, kein Frauenkörper, sondern eine Puppe, eine fast lebensgroße Puppe, eine Gliederpuppe mit kaputten Gliedern, doch aus einer Wunde am Hinterkopf fließt Blut.

Sie fürchtet durchzudrehen und ruft nach Alfred.

„Wo bleibst du denn?"

Er hat sich umgezogen, trägt jetzt Jeans und einen weiten Pullover.

Anna hat recht gehabt, er ist ganz schön fett geworden.

Alfred stellt die Drinks auf den Couchtisch und setzt sich zu ihr.

„Sag, hat sie keinen Abschiedsbrief hinterlassen?“

„Nein. Ich glaube nicht, daß sie den Selbstmord geplant hat. Sie wäre nicht gesprungen, wenn sie nur eine Sekunde lang überlegt hätte. Ich bin überzeugt, sie wußte nicht, was sie tat. Ein Black-out, sozusagen. Ist dir übrigens bekannt, daß die meisten Selbstmorde sonntags passieren? Ich habe erst vor kurzem einen hochinteressanten Artikel darüber gelesen.“

So leicht läßt sie sich nicht ablenken.

„Weiß man, wann es passiert ist, ich meine die genaue Uhrzeit?“

„Der Arzt hat behauptet, sie müßte schon mindestens acht Stunden tot sein. Warte, gefunden hat man sie um sieben Uhr morgens, also noch vor Mitternacht.“

„Eigenartig. Warum ist sie nicht früher entdeckt worden? Nicht, daß das etwas geändert hätte, aber die Vorstellung, daß sie so viele Stunden da unten bei den Mistkübeln und den hungrigen Ratten gelegen ist, finde ich grauenhaft. Anna hat sich vor Ratten fürchterlich geekelt.“

„Ja, ich weiß. Aber so verwunderlich ist es nicht. Das Beisel hat am Sonntag geschlossen, und sonst kommt kaum jemand in den Hof.“

„Trotzdem, ich verstehe es nicht.“

Sie greift nach ihrem Whiskyglas, zögert, nimmt aber dann doch einen großen Schluck.

Ann-Marie dachte an ihre Whiskyorgien mit Jeff. Er ging sehr verschwenderisch mit seinen Vorräten um. So manche Nacht hatten sie sich in ihrem Park Ecke Columbia Ave/Sechste Straße mit Whisky um die Ohren geschlagen. Von einem Park konnte eigentlich nicht die Rede sein, vielmehr handelte es sich um einen eingezäunten, asphaltierten Platz mit ein paar verdörrten Sträuchern und toten Bäumen. Tagsüber spielten Kinder und Jugendliche Basketball auf dem Betonplatz. Sie erinnerten Ann-Marie immer an kleine Affen, die in einem Käfig herumtollten. Des Nachts war der ‚Park' ein Treffpunkt für Obdachlose aus der ganzen Umgebung.

Sie vermißte das Grün in New York. Der Central Park war zu weit weg, außerdem war es selbst am Tag nicht ratsam, dort allein spazieren zu gehen.

Ann-Marie war viel allein. Ihre Freunde konnte sie an fünf Fingern abzählen. Außer Jeff traf sie noch hin und wieder die beiden jungen Männer, mit denen sie früher zusammengewohnt hatte. Seit die zwei nach Brooklyn gezogen waren, sah man sich nur mehr selten. Sie kam sich in Gesellschaft der beiden meistens ein bißchen überflüssig vor. Das homosexuelle Pärchen schien sich selbst zu genügen. Und dann gab es noch Mira, ihre einzige Freundin, die dem Alter nach ihre Tochter hätte sein können. Mira war für jeden Unsinn zu haben, sie half ihr nicht nur beim Ausmalen fremder Wohnungen, sondern auch bei der Herstellung ihrer seltsamen Plastiken. Und sie kannte sogar ein paar Leute, die bereit waren, für Ann-Maries Objekte Geld auszugeben. Äußerlich sah sie der jungen Anna ein bißchen ähnlich. Auch sie war groß, blond und kräftig gebaut. Vielleicht hatte sich Ann-Marie deshalb so stark zu ihr hingezogen gefühlt.

Ihre anderen Kontakte gingen über eine oberflächliche Bekanntschaft nicht hinaus. Man traf sich auf einer Party oder in einer Bar, unterhielt sich gut einen Abend lang, man telefonierte miteinander, wenn es neuen Tratsch zu erzählen gab oder wenn man sich gar zu einsam fühlte, aber das war es dann auch.

Und die Männer? Ann-Marie konnte sich nicht mehr an alle erinnern. Große, kleine, dicke, dünne, schwarze, gelbe, weiße – zu mehr als einer kurzen Affäre hatte es nie gereicht.

Jeff begann sich bereits über sie lustig zu machen, behauptete, sie wäre ihm in letzter Zeit treu, da er aus der unteren Wohnung keine verdächtigen Geräusche mehr vernähme. Er hatte recht, sie verlor tatsächlich mehr und mehr das Interesse an den Männern.

Ann-Marie nippte an ihrem Whisky und ließ ihre müden Beine ins heiße Wasser gleiten.

„Tut das gut, ist eine ausgezeichnete Idee von dir gewesen."

Anna konnte keine Minute stillsitzen. Sie sprang schon wieder auf und ging sich umziehen.

In der engen, dreiviertellangen Hose und dem bedruckten T-Shirt sah sie gleich viel jünger aus.

„Oh lala, Marilyn Monroe würde neben dir glatt verblassen. – Und jetzt setz dich endlich hin. Du rennst herum wie ein aufgescheuchtes Huhn und machst mich ganz nervös."

Ann-Marie drehte sich einen Joint.

„Da, nimm einen Zug, das beruhigt."

Prompt fing Anna zu husten an.

„Ziehen, mein Kind, ziehen."

Eine Weile blieb es still. Anna fürchtete, die Freundin würde gleich einschlafen. Aber Ann-Marie rauchte genüßlich ihren Joint und beobachtete ihre hektische Freundin mit zusammengekniffenen Augen.

„Ich bring dir noch einen Whisky."

„Schmeckt dir der ‚Chivas Regal'? Habe ich im Duty Free in London gekauft."

Alfred steht noch einmal auf und zieht die Vorhänge zu.

„Ich kann es nicht leiden, wenn einem die Leute andauernd in die Wohnung gaffen. So finde ich es viel gemütlicher, du nicht auch?“

Ann-Marie nickt zerstreut.

„Wie erklärst du dir ihren Selbstmord? Ich begreif es einfach nicht.“

„Ihr ist alles zuviel geworden. Sie hat Aufregungen, welcher Art auch immer, nur schwer ertragen und in solchen Situationen gern zur Flasche gegriffen. Ich bin überzeugt, daß sie schwer betrunken war. Vielleicht hat auch die geplante Reise eine gewisse Rolle gespielt. Vor Reisen ist sie immer unwahrscheinlich nervös geworden, sie hat richtiges Reisefieber gehabt. Außerdem darfst du nicht vergessen, daß sie es gehaßt hat, Entscheidungen treffen zu müssen. Vor allem hat sie die Unsicherheit, die neue Situationen mit sich bringen, gehaßt. Dazu sind noch all die Probleme gekommen, die sie selbst verursacht hat, zum Beispiel diese Geschichte mit dem Verkauf des Büros. Einmal hat sie es nicht schnell genug loswerden können, im nächsten Moment hat sie es sich wieder anders überlegt. Ich glaube, sie hat einfach nicht gewußt, was sie will. Manchmal hat sie sich wie ein Kind verhalten, ja, wie ein verwöhntes, egoistisches Kind. Ich habe oft zu ihr gesagt: ‚Anna, du mußt endlich erwachsen werden. Ich bin nicht dein Vater, der dir alles abnimmt, dir alle Wege ebnet und alle Entscheidungen für dich trifft.‘ Übrigens habe ich es dann meistens doch getan. Aber mit dieser Kritik habe ich nichts als Tränen und Vorwürfe geerntet. – Hörst du mir überhaupt zu, Ann-Marie?“

Sie starrt auf die geschlossenen Vorhänge und murmelt: „Keine Angst, selbst wenn ich betrunken bin, entgeht mir kaum was.“

„Du verträgst ja noch mehr als ich."

„Sag das nicht. Ich möchte es lieber nicht auf ein Wettrinken ankommen lassen."

„Dein Wasser ist bestimmt längst kalt. Soll ich dir heißes nachgießen?"

„Nein danke, es reicht. Man soll nichts übertreiben."

Sie griff nach dem Handtuch, doch Anna kam ihr zuvor.

„Ist es dir unangenehm, wenn ich das mache?"

„Nein, aber bitte nicht kitzeln."

Sie kicherte schon, bevor Anna ihre Füße überhaupt berührte.

„Stell dich nicht so an. Halt still!"

Anna bearbeitete die rauhen Fußsohlen ihrer Freundin mit einer kleinen Raspel, dann cremte sie die Füße dick ein, steckte kleine Wattebäusche zwischen die Zehen und begann, ihre Nägel zu schneiden.

„Wenn du so herumzappelst, schneide ich dich ins Fleisch. Gib endlich Ruhe, rauch von mir aus noch einen Joint, wenn du glaubst, daß dich das entspannt."

„Um Himmels willen, was hast du jetzt vor?" kreischte Ann-Marie, als ihre Freundin nach dem Nagellack griff.

„Na, was denn wohl?"

„Ich hasse angemalte Zehennägel."

„Du hältst jetzt den Mund, verstanden?"

Lachend, aber ohne weiteren Protest ließ Ann-Marie die Prozedur über sich ergehen.

„So, fertig, sieht doch toll aus, gib's zu."

Ann-Marie betrachtete skeptisch ihre Füße, so als wären sie nicht mehr ihre eigenen.

„Du könntest jederzeit einen Job als Pediküre bekommen. Du machst das wirklich sehr professionell."

„Danke für das Kompliment, aber du wirst verstehen, daß das nicht unbedingt mein Traumjob wäre."

„Aber wenn du nichts anderes findest?"

„Mach dir darüber keine Gedanken, ich werde genug Geld haben. Vielleicht brauchen wir beide überhaupt nie mehr zu arbeiten. Wie gefällt dir diese Vorstellung?"

„Nicht schlecht."

Ann-Marie schloß die Augen.

Doch jetzt war Anna nicht mehr gewillt, ihre Freundin schlafen zu lassen.

„Möchtest du noch einen Kaffee?"

„Später vielleicht. Laß uns einfach eine halbe Stunde hier liegen und nichts tun."

„Falls du das aushältst", fügte sie spöttisch hinzu.

Längst vergessen geglaubte Bilder tauchten auf: Sommerferien, Theaterbesuche, Tanzschule. Da Anna die vornehmste und angeblich beste Tanzschule Wiens besuchte, mußte sich Ann-Marie natürlich auch dort anmelden. Sie quälte ihre Eltern so lange, bis sie schließlich nachgaben. Ein Monatslohn ihres Vaters ging für den Unsinn drauf. Schon nach zwei Wochen fanden sie diesen exklusiven Kreis stinklangweilig und schwänzten die nächsten Stunden. Nächtelang trieben sie sich im Prater herum und brachten es im Flippern zu echter Meisterschaft. Ann-Marie schaffte an einem Abend problemlos ein Dutzend Freispiele. Den Tanzkurs holten sie dann zu Walzerklängen im Stadtpark nach. Auf der Terrasse des Touristencafes, das sie nie von innen sahen, spielte täglich eine Kapelle. Sie tanzten auf den Wegen, der feine Kies knirschte unter ihren hohen Absätzen, und die Luft war erfüllt vom Duft des lila Flieders. Für ihren Linkswalzer ernteten sie Beifall von den hübschen, persischen Studenten, die sich auch die halbe Nacht lang im Park herumtrieben. Aber die beiden Mädchen tanzten nur miteinander. Anna übernahm immer die Führung, und Ann-Marie hatte später Schwierigkeiten, mit männlichen Partnern Schritt zu halten.

„Mach es dir ruhig bequem und raste dich ein bißchen aus, es war ein anstrengender Tag."

„Ich bin nicht müde", sagt Ann-Marie trotzig und nimmt ihre Füße vom Couchtisch.

Sein Blick bleibt an ihren Beinen hängen.

„Du wolltest mir doch noch mehr von Anna erzählen."

„Ja, das ist richtig, aber es fällt mir nicht gerade leicht, von ihr zu reden. Außerdem stellst du mir andauernd die unmöglichsten Fragen, die ich beim besten Willen nicht beantworten kann."

Er läßt ein paar Minuten verstreichen, bevor er weiterspricht.

„Sie wollte immer nur geliebt werden und war selbst nicht fähig zu lieben. Ihre große Liebe hat sich auf der Leinwand abgespielt. Humphrey Bogart und Gregory Peck waren in ihren Augen die idealen Liebhaber. Ein sterblicher Mann hat diesen Kerlen natürlich nie das Wasser reichen können. Wäre sie ihnen in Wirklichkeit begegnet, hätte sie es mit ihnen bestimmt auch nicht lange ausgehalten. Sie hat sich in eine Scheinwelt geflüchtet und von ihren Träumen gezehrt, aber wehe es ist dann ein Erwachen gekommen. Doch warum erzähle ich dir das alles? Du hast sie ja fast ebenso gut gekannt wie ich. Wir beide waren die einzigen, die sie durchschaut haben, stimmt's?"

Er nimmt ihr Gesicht zwischen seine groben Hände und schaut ihr tief in die Augen.

Ann-Marie haßt seine plumpe Vertraulichkeit. Er scheint ihre Abneigung zu spüren und läßt ihr Gesicht wieder los.

Das eigenartige Bild, das er von ihrer Freundin entworfen hat, gefällt ihr gar nicht, obwohl sie ihm in einigen Punkten widerwillig zustimmen muß.

Mehr zu sich selbst als zu ihrer Freundin sagte Ann-Marie: „Weißt du, Anna, ich glaube wir werden beide schön langsam alt und kindisch. Wir stecken mitten in der berüchtigten Midlife-crisis."

„Wie bitte? Was soll das heißen? Ich hab gedacht, das passiert nur den Männern."

„Irrtum, da befindest du dich gehörig auf dem Holzweg. Dein Alfred leidet zwar schon seit Jahren darunter, zumindest seitdem ich ihn kenne, aber wahrscheinlich schon seit der Pubertät, doch wir bleiben davon leider auch nicht verschont. Sieh dich doch selbst an, du bist das beste Beispiel. Du willst aussteigen, hast die Nase voll von deinem Mann, deiner Arbeit und deiner ganzen Umgebung. Okay, na und? Das ist doch nichts Besonderes. Es sind immer die Kleinigkeiten, die uns aufregen. In unserem Alter kriegt jeder einmal solche Anwandlungen. Wie oft, glaubst du wohl, habe ich schon alles hinwerfen und abhauen wollen? Aber ich kann doch nicht immer wieder davonlaufen. Ich traue dir nicht ganz über den Weg, meine Liebe. Heute willst du nichts anderes als weg von hier. Und morgen, was willst du morgen? Wir können unsere Vergangenheit nicht einholen. Jedenfalls nicht so, wie du es dir vorstellst. New York ist nicht das Paradies, nicht die Freiheit, sondern ein riesiges, stinkendes Rattenloch, ein verkommenes Drecksnest, ein Eldorado für Börsenspekulanten, Kriminelle und kaputte Individuen, für Leute, die nie eine Chance gehabt haben, aber ewig davon träumen, eine zu bekommen. Wenn ich soviel Geld hätte wie du, würde ich mir ein kleines, weißes Haus am Meer kaufen und den ganzen Tag lang aufs Wasser schauen. Heute ist es das Geschrei der Tauben, aufgescheucht durch einen Hund vielleicht, das mich weckt, aber dann würde es das Gekreische der Möwen sein, die mein Haus umkreisen. Die Orte meiner Sehnsucht und meiner Träume sind hohe Klippen, weißer Sand, nur wenige Meter zwischen Felsen und Meer, das Haus auf der Spitze des Felsens. Ich würde mein Leben immer wieder neu erfinden. Es gibt so viele Personen, die ich sein möchte, nur für einen Tag oder eine Nacht. Ich würde mir einen Traummann zulegen, nein, besser eine Traumfrau. Keine erlebte Geschichte hat je so ein schönes Happy-End gehabt wie meine Träume. Ich würde eine schrullige Alte werden und mich freuen auf jede Nacht. Ich könnte wach bleiben, solange ich Lust habe, und die Tage verschlafen. Ja, diese Idee gefällt mir: Die Nacht zum Tag machen. Ich bevorzuge die Nächte zum Leben."

„Es wird schon früher dunkel, der Sommer wird sich bald verabschieden."

Alfred greift nach einer Kerze und zündet sie an.

„Gut so? Anna hat es immer gern hell gehabt, sie hat sich vor der Dunkelheit gefürchtet, aber ich mag diese grelle Deckenbeleuchtung nicht. Wir sind in so vielem unterschiedlicher Ansicht gewesen. Gegensätze ziehen sich nun einmal an."

„Warum bist du bei ihr geblieben, wenn das Zusammenleben mit ihr so schwierig für dich gewesen ist?"

„Entschuldige, was hast du gesagt?"

„Ich habe gefragt, warum du dich nicht schon früher von ihr getrennt hast?“

Er verzieht abfällig den Mund und meint: „Was für eine Frage! Ich habe sie geliebt. Schon als junger Mann habe ich Anna verehrt, ja geradezu angebetet, meine Bewunderung für sie war grenzenlos, aber das hat ihr anscheinend nicht genügt. Du bist überrascht? Was hast du schon von unserer Beziehung gewußt? Vielleicht hat sie sich in ihren Briefen an dich manchmal über mich beklagt, aber was heißt das schon? Frauen beklagen sich immer bei ihren Freundinnen über ihre Männer. Ich war kein so schlechter Ehemann, wie du denkst. Sicher, ich habe meine Affären gehabt, doch die hat ein jeder, vor allem wenn ihn seine Frau ständig abweist. Ist es so verwerflich, daß ich mich woanders umgesehen habe? Ich bin ein ganz normaler Mann. Glaubst du im Ernst, daß mir diese Trutscherl auch nur das Geringste bedeutet haben? Wie gern hätte ich auf sie verzichtet, wenn Anna nur ein bißchen zugänglicher gewesen wäre. Aber sie hat sich immer mehr von mir zurückgezogen und mich wie ihren Hausmeister behandelt. Nein, nicht einmal das, selbst zu ihm war sie freundlicher. Ich weiß auch nicht, warum es mit uns so weit gekommen ist. Wir haben uns nicht nur auseinandergelebt, sondern da ist auch noch etwas anderes mit im Spiel gewesen. Anna war krank, psychisch krank. Ich habe es nie wahrhaben wollen, ihre Depressionen nicht genügend ernstgenommen, gedacht, jeder Mensch ist manchmal depressiv, aber bei ihr ist es an die Substanz gegangen. Sie wollte einfach nicht mehr leben.“

Ann-Marie war es von Anfang an nicht schwer gefallen, sich dem ‚American way of life‘ anzupassen. Noch von ihrer Studienzeit in Wien her gewohnt, die unmöglichsten Jobs zu machen, fand sie auch in New York immer wieder Arbeit. Die Palette ihrer Jobs reichte von Servieren und Putzen bis zu Deutschunterricht und dem Verkauf ihrer eigenartigen Plastiken aus Industrieabfällen. Sie hielt sich nicht für eine großartige Künstlerin, sondern bezeichnete ihre Skulpturen als ihren ganz persönlichen Beitrag zum Recycling. Daß sich damit auch noch ein bißchen Geld verdienen ließ, war ein angenehmer Nebeneffekt.

Sie hatte ihr Studium an der Kunstakademie nicht abgeschlossen. Relativ spät erkannte sie, daß ihr das Unterrichten keinen Spaß machen würde. Nach acht Semestern Kunst- und Werkerziehung warf sie das Handtuch.

Trotz chronischen Geldmangels erschien ihr das Leben in New York erträglicher als in Wien. Vor allem lernte sie die Anonymität schätzen. Kein Mensch kümmerte sich darum, wie und mit wem man lebte, niemand störte sich daran, wenn bis spät in die Nacht hinein das Radio lief oder wenn man morgens volltrunken die Stiegen hinauftorkelte. Gleichzeitig hatte sie aber auch die Erfahrung gemacht, daß Nachbarn liebenswürdige und hilfsbereite Menschen sein können – eine Erfahrung, die in Wien unmöglich zu machen war.

Es existierte sogar eine Art Straßengemeinschaft, die ihren alljährlichen Höhepunkt in einem ausgelassenen Straßenfest fand. Die ganze Gegend nahm dann fast dörflichen Charakter an. Häuser und Gärten waren mit bunten Fahnen und Lampions geschmückt, die Leute tanzten auf der Straße, es gab Würstel, Chips, Coca Cola und Bier, Tombolas und Flohmärkte, bei denen Ann-Marie meist all ihr Gerümpel loswurde.

An den übrigen 364 Tagen des Jahres gehörten die Straßen den Jugendlichen, die sich ununterbrochen mit Pop-Musik berieseln ließen und den Ruf hatten, nicht ungefährlich zu sein. Leute, die sie kannten, ließen sie jedoch in Ruhe. Es herrschte ein ungeschriebenes Gesetz: Man überfiel nur Fremde, das brachte mehr ein und weniger Scherereien.

Ann-Marie war anfangs froh gewesen, die Puertoricaner im Haus zu haben. Die alte Frau vom Zeitungskiosk, eine der wenigen Weißen in dieser Gegend, hatte ihr erzählt, daß man eine Schutzgebühr entrichten mußte, wenn man in Frieden gelassen werden wollte. Bei Ann-Marie hatte sich nie jemand gemeldet. Wahrscheinlich galt diese Regelung nur für Geschäftsleute. Sie war nie ernsthaft in Schwierigkeiten gewesen, obwohl sie keine besonderen Vorsichtsmaßnahmen traf. Meistens ließ sie sogar ihre Wohnungstür offen. Sie besaß ohnehin nichts, und ein neues Schloß kam teuer.

„Ich glaub, ich hab vergessen, die Tür abzuschließen."

Alfred erhebt sich noch einmal schwerfällig von der Couch und geht ins Vorzimmer.

„Fürchtest du dich vor ungebetenen Gästen?"

„Nein. Die Tür springt nur so leicht auf."

Er lacht gezwungen.

„Anna hat immer offen gelassen – noch ein Punkt, in dem wir unterschiedlicher Meinung waren", versucht er zu scherzen und setzt sich wieder neben sie, redet weiter auf sie ein.

Bald versteht sie kein Wort mehr, es scheint, als spräche er in einer fremden Sprache zu ihr. Sie raucht eine Zigarette nach der anderen, nickt ihm manchmal, scheinbar aufmerksam, zu und hängt ihren eigenen Gedanken nach.

Anna hat sich nicht umgebracht. Niemals hätte sie sich von der Terrasse gestürzt. Eine Überdosis Tabletten

– vielleicht –, das hat sie ja schon einmal versucht. Aber ihren Körper zerstören? Nein, dazu wäre sie niemals fähig gewesen. Sie hat sich doch so sehr auf New York gefreut, ihre Stimme am Telefon ist voller Zärtlichkeit gewesen. In so einer Verfassung macht man nicht Schluß. Zumindest hätte sie mir ein paar Zeilen hinterlassen, wenigstens versucht, mir zu erkläre, warum sie es tun muß. Alle, mit denen ich bisher gesprochen habe, sagten, daß sie sich sehr gut gefühlt hat. Nur Alfred behauptet das Gegenteil. – Er muß es ja wissen.

Daß sie die Wahrheit wahrscheinlich nie erfahren würde, regt sie unheimlich auf. Aber sie kann einfach nicht an einen Selbstmord glauben, ebensowenig wie Frau Maricek daran glaubt.

Anna wäre zwar nicht aus moralischen oder religiösen Gründen davor zurückgeschreckt, aber der Zeitpunkt stimmt einfach nicht. Vor zwei, drei Jahren wäre solch eine Kurzschlußaktion keine Überraschung gewesen, aber heute? Undenkbar! Es lief doch alles nach ihren Wünschen. Oder hat sie es zuletzt doch noch mit der Angst zu tun bekommen? Sich wieder einmal nicht entscheiden können und sich dann endgültig entschieden? Nein. Ich darf mich von seinem törichten Geschwafel nicht anstecken lassen. Aber Unfall war es auch keiner. Der junge Maricek hat schon recht. Selbst betrunken hätten sie keine zehn Pferde hinaus auf die verhaßte Terrasse gebracht. Und warum hätte sie auch hinausgehen sollen, noch dazu mitten in der Nacht? Vielleicht weil ihr schlecht war, sie Luft schnappen wollte? Ich werde noch verrückt. – Anna ist tot. Zerschmettert im Hinterhof. Entdeckt von einem Beislwirt. Ort der Handlung: Wien, siebenter Bezirk.

Ann-Marie muß es sich immer wieder selbst vorsagen, um es endlich zu begreifen.

Doch wenn es kein Selbstmord war und auch kein Unfall, dann war es ...

Sie wagt dieses Wort nicht einmal in Gedanken auszusprechen. Obwohl, hat sie es nicht schon die ganze Zeit über gewußt? Vom ersten Augenblick an, noch während des Telefonates mit Frau Maricek hat sie gespürt, daß etwas nicht stimmt.

Ann-Marie war nicht allein wegen Anna nach Wien gekommen. Der verzweifelte Brief hatte sicher den Ausschlag gegeben, aber es hatte sie auch das Heimweh geplagt. Seit Jahren war sie nicht mehr zu Hause gewesen. Die Eltern wurden alt, und obwohl beide noch recht rüstig schienen, wußte man doch nicht, wie lange sie es noch machen würden. Annas Brief war ihr also sehr gelegen gekommen. Allerdings waren fünf Tage viel zu kurz.

Schade, daß ich diesen verdammten Charterflug nehmen mußte. Immer dreht sich alles nur ums Geld. Vielleicht sollte ich einmal zwei oder drei Monate hier bleiben.

Eine endgültige Rückkehr nach Wien konnte sie sich nicht vorstellen. Obwohl sie die Stadt heute mit anderen Augen betrachtete. Sie kam sich fast vor wie eine Touristin. Und es hatte sich auch wirklich einiges geändert. Besonders jetzt im Frühsommer zeigte sich Wien von der besten Seite.

Ann-Marie dachte an die blühenden Bäume entlang der Ringstraße, an den Stadtpark mit seinen gepflegten Blumenbeeten, über die sie früher immer gespottet hatte, aber vor allem dachte sie an den Prater. Mit dem kleinen Fährboot war man vom dritten Bezirk aus in ein paar Minuten drüben. Die Fahrt über den Donaukanal hatte in ihrer Kindheit einen Schilling gekostet, genauso viel wie ein Eis.

Vielleicht sollte ich Anna überreden, eine kleine Wohnung in Wien zu kaufen. Wir könnten sie billig an Studenten vermieten, die sie im Sommer nicht brauchen. Dann würden wir eben nur im Sommer, zusammen mit all den anderen Touristen, nach Wien kommen.

Ann-Marie war begeistert von ihrer Idee und teilte sie sofort Anna mit. Doch ihre Freundin winkte ab. Sie wollte sich keine Hintertür offen lassen. Für sie sollte es kein Zurück geben. Es würde ein Abschied für immer sein.

Im Augenblick schien es sinnlos, mit ihr darüber zu reden. Ann-Marie war überzeugt, daß sie schon nach ein paar Wochen New York ganz anders darüber denken würde.

„Was erwartest du bloß von New York, Anna? Was willst du in einer anderen Stadt? Du lebst in einer Stadt, und die Städte unterscheiden sich kaum voneinander, das hast du vorhin selbst gesagt. Weißt du, was ich glaube? Ich glaube, daß manche Menschen einfach nie zur Ruhe kommen, ich zähle mich selbst dazu. Permanent jagen wir irgendwelchen Illusionen und Abenteuern nach. Anscheinend bedürfen wir dieser Aufregungen und Abwechslungen, um das Gefühl zu haben, daß wir wirklich leben. Deshalb sind wir auch zu jedem unsinnigen Schritt und zu jeder unvernünftigen Tat bereit."

„Du und deine weisen Sprüche!"

Anna wischte sich verstohlen ein paar Tränen von den Wangen.

„Hör sofort auf zu weinen, Liebes, ich mein' es doch nicht böse. Ich möchte dich nur vor weiteren Enttäuschungen bewahren. Ich kenne dich vielleicht zu gut. Eine Zeitlang wirst du es romantisch finden, mit mir in einem engen, zugigen Loch zu hausen und von der Hand in den Mund zu leben. Ein bißchen fotografieren, ein bißchen studieren, die meiste Zeit einfach nichts tun. Und ehe ein Jahr um sein wird, wirst du zu mekkern anfangen, unzufrieden sein mit der Wiederholung unseres nicht gerade sehr erfolgreichen Zusammenlebens von damals. Und du wirst dich wieder anstrengen, aufbauen, erfolgreich sein, und schließlich wirst du nicht mehr wissen, warum du eigentlich nach New York gegangen bist. Dein Leben dort wird deinem Leben hier gleichen wie ein Ei dem anderen. Und warum? Weil du eben nicht anders kannst, weil du Anna bist. Es liegt an dir und nicht an den Orten, das weißt du selbst sehr genau."

Ann-Marie versucht, sich auf andere Gedanken zu bringen.

„Wieso hat sich Anna von dir scheiden lassen wollen, wenn sie das Leben ohnehin nicht mehr interessiert hat?", fragt sie mit Unschuldsmiene.

„Was soll diese Frage? Unser Gespräch erinnert mich ohnehin schon die längste Zeit fatal an ein Verhör. Du hältst mich für ihren Mörder, sprich es doch endlich offen aus. Glaubst du, ich bin blöd? Die Art, wie du mich schon den ganzen Abend lang ansiehst, wie du deine Fragen vorsichtig formulierst. Du bist wahnsinnig, Ann-Marie! Du willst einfach nicht wahrhaben, daß sie sich umgebracht hat. Vielleicht kann ich dich sogar verstehen, trotzdem muß ich mir nicht gefallen lassen, daß du mich verdächtigst, sie ermordet zu haben. Das Leben mit Anna ist zeitweise die reinste Hölle gewesen, aber deswegen habe ich sie noch lange nicht umgebracht. Ich habe sie geliebt, Ann-Marie, versuch das doch endlich zu begreifen."

Sie starrt beharrlich auf seine klobigen Hände und schweigt.

Er räuspert sich verärgert und macht eine abfällige Handbewegung.

„Diese Scheidungsgeschichte ist ein reiner Blödsinn, das hab ich dir doch schon gesagt. Wir haben sicherlich keine mustergültige Ehe geführt, aber das ist beileibe nicht nur an mir gelegen. In jeder Ehe gibt es Krisen, oder kannst du mir vielleicht jemanden nennen, der das Wort Scheidung noch nie in den Mund genommen hat?"

„Aber irgendetwas wird an diesem Gerücht schon dran sein. Der Gerlich hat behauptet, er hätte die Klage gleich nach ihrer Abreise einreichen sollen."

„Mein Gott, was weiß ich? Alles ist möglich! Wie soll ich wissen, was in ihrem armen, verwirrten Kopf vorgegangen ist? Sie hat jede Menge verrückter Ideen produziert, das kannst du mir glauben. Vielleicht hat es auch mit dir zu tun gehabt."

Ann-Marie kapiert diese Anspielung nicht sogleich. Bevor sie ihn aber fragen kann, was er damit andeuten will, sagt er spöttisch: „Schau mich nicht so unschuldig an mit deinen schönen Rehaugen. Du weißt genau, was ich meine."

Sie blickte Anna fest in die Augen, ertrug es aber nicht, ihre Freundin weinen zu sehen, und beeilte sich, ihre harten Worte abzuschwächen.

„Verzeih mir, ich bin zu streng mit dir. Vielleicht hast du dich wirklich geändert. Sicherlich sehe ich wieder einmal alles viel zu schwarz. Du kennst mich doch, im Grunde bin ich eine alte Pessimistin, immer schon gewesen. Nimm bitte nicht alles, was ich sage, so tierisch ernst. Auch ich finde es empörend, wenn sich unser Leben nicht angenehm und schmerzfrei entwikkelt. Jeder sollte doch schließlich in erster Linie das machen, was ihn freut."

Sie räusperte sich und fügte leise hinzu: „Und deine Bedürfnisse scheinen eben heute anderer Natur zu sein als früher.“

Anna konnte ihr nicht verdenken, daß sie kein besonders großes Vertrauen zu ihr hatte. Die nie ganz vernarbten Wunden rissen wieder auf. Anscheinend war es ihr nicht gelungen, ihrer Freundin begreiflich zu machen, daß sie sich tatsächlich geändert hatte.

In diesem Punkt irrte sie sich allerdings.

Ann-Marie war inzwischen bewußt geworden, daß sie längst überwunden geglaubten Rachegelüsten nachgegeben hatte. Da es nie zu einem ehrlichen Gespräch über die Ereignisse, die damals zu ihrer Trennung geführt hatten, gekommen war, hatten sich eine Menge Aggressionen aufgestaut. In vielen langen Nächten hatte sie sich ausgemalt, wie sie ihrer Freundin ins Gesicht sagen würde, was sie von ihr hielt, daß sie eine verwöhnte höhere Tochter wäre, die immer nur an sich selbst dachte und keinen Gedanken an andere verschwendete. Bei ihrer intensiven Auseinandersetzung mit der eigenen Psyche fand sich kein Platz für andere. Auch ihr angeblicher Sozialtick diente im Prinzip nur der Stärkung ihres Selbstwertgefühls. Anna genoß die Macht, die sie über andere bekam, indem sie diese durch karitative Taten von sich abhängig machte. Ihr Verhalten damals war rücksichtslos und brutal gewesen, und Ann-Marie wollte sie eines Tages dafür zur Rechenschaft ziehen. Egozentrisch wie Anna nun einmal war, dachte sie, daß nur sie unter der Trennung von ihrer Freundin litt. Sie fühlte sich unverstanden, verletzt und schien überhaupt nicht wahrzunehmen, wie sehr sie die Freundin verletzt hatte.

Ann-Marie versuchte die traurigen Erinnerungen zu verjagen, so wie sie es jahrelang versucht hatte. Aber sie wußte, daß sie nicht vergessen konnte.

Ist es nicht vernünftiger, reinen Tisch zu machen, bevor wir es noch einmal miteinander probieren? Wie soll ein Zusammenleben funktionieren, wenn ich ihr noch immer gram bin und nicht verzeihen kann, was Jahre, ja beinahe zwei Jahrzehnte zurückliegt?

„Sie hat mir von eurer Beziehung erzählt, auch von euren Schwierigkeiten und Ängsten. Ich bin ein fortschrittlich denkender Mann, ich war nicht eifersüchtig, ein wenig befremdet vielleicht, doch ich habe ihr sogar vorgeschlagen, es zu dritt zu versuchen. Eine ménage à trois, ich hätte beileibe nichts dagegen gehabt. Du hast mir schon immer gut gefallen."

Er schenkt ihr ein anzügliches Lächeln.

Du Schwein!

Aus ihrem blassen Gesicht ist noch der letzte Rest von Farbe gewichen.

„Aber sie hat nichts davon hören wollen. Immer hat sie alles für sich haben müssen, doch Menschen kann man nun einmal nicht besitzen. Oder bist du anderer Meinung?"

Ann-Marie gibt ihm keine Antwort, sondern starrt ihn nur mit weit aufgerissenen Augen an.

„Ich fürchte, daß sie diese ungewöhnliche Beziehung zu dir sehr mitgenommen hat. Sie hat unter Schuldgefühlen gelitten und betont, daß Sex für euch eine untergeordnete Rolle gespielt hätte. Als aufgeschlossener Mensch toleriert man Homosexualität zwar bei den anderen, aber bei sich selbst?"

Ann-Marie kann sich nicht mehr länger beherrschen.

„Ich glaube, du spinnst, Alfred."

„Es hat keinen Sinn zu leugnen, mein Kind, Anna hat mir alles gestanden."

Sein selbstzufriedenes Grinsen macht Ann-Marie rasend.

Sie versucht an Anna zu denken, an ihr Lächeln, an ihre schönen, blauen Augen, aber auch zu Anna will ihr momentan nichts Erfreuliches einfallen.

Nachdem Anna ihr Architekturstudium in der vorgeschriebenen Zeit beendet hatte, versuchte sie sich als freischaffende Architektin durchzuschlagen. Sie weigerte sich standhaft, im Büro ihres Vaters zu arbeiten, und lebte mit Ann-Marie in einer kleinen, dunklen Bassena-Wohnung; das Klo teilten sie mit zwei anderen Parteien.

Ann-Marie entschied sich etwa zur selben Zeit, ihr Studium abzubrechen. Sie nahm jede Arbeit an, die sie kriegen konnte, jobbte als Kellnerin, Putzfrau und Zettelverteilerin. Beide waren erfolglos und frustriert. Sie träumten davon, gemeinsam wegzugehen und es woanders zu versuchen. Doch Anna schob ihre Abreise immer wieder hinaus. Sie schwelgte in Depressionen, arbeitete monatelang nichts und ließ sich schließlich, als ihr das Geld ausging, wieder von ihren Eltern unterstützen, die selbstverständlich Bedingungen an den monatlichen Scheck knüpften. Damals kam es zu den ersten ernsthaften Zerwürfnissen zwischen den beiden Frauen. Anna warf ihrer Freundin vor, schrecklich puritanisch zu sein und von ihr die gleichen Einschränkungen zu verlangen wie von sich selbst. Ann-Marie konterte, indem sie ihr Oberflächlichkeit und Verwöhntheit vorwarf.

Anna hatte die ständige Knappheit und den täglichen Kampf um die einfachsten Dinge bald satt. Sie sehnte sich danach, endlich ihren Beruf ausüben zu können, und wußte auch, wie man hochkam, hinaufkriecht oder sich hinaufschläft als Frau. Da sie also über die Verhältnisse, über die Art, wie es funktionierte, genauestens Bescheid wußte, wollte sie den leichteren Weg gehen.

Sich hineinfallen lassen in ein gemachtes Bett, nannte es Ann-Marie.

Sie hatten mit großen Illusionen begonnen, wollten es anders machen als die anderen, besser und ehrlicher, aber es mangelte ihnen andauernd an Geld. Die Schecks der Eltern blieben wieder aus, als sich Anna nicht an die Bedingungen hielt. Sie begannen wegen jeder Kleinigkeit zu streiten, lagen sich in den Haaren wegen Nichtigkeiten. Anna ertrug es nicht länger, nur von Tagträumen zu leben, die nicht die geringste Chance besaßen, realisiert zu werden. Als sie die Sorgen um die Befriedigung der elementarsten existentiellen Bedürfnisse völlig zermürbt hatten, warf sie das Handtuch und stieg in den florierenden Betrieb ihres Vaters ein.

Eine ganz banale Geschichte – ihre Geschichte.

Drei Monate später war Ann-Marie verschwunden, abgehauen ins ferne New York. Sie hatte mit niemandem darüber gesprochen, sondern einfach die Konsequenzen gezogen, ohne Kompromiß, enttäuscht von der Freundin, die plötzlich zehn Stunden täglich in einem stickigen Büro verbrachte und nichts anderes mehr im Kopf zu haben schien als Arbeit, Geld und eine komfortable Wohnung. Gefangen im altbekannten Wohlstand, krank vor Ehrgeiz und Profilierungssucht – die Phase ihrer Selbstzerstörung begann.

Ann-Marie wollte dieser Entwicklung nicht länger zusehen. Sie konnte die Anpassung ihrer Freundin nicht ertragen. Anna hatte ihre gemeinsamen Träume verraten und all ihre Hoffnungen zerstört.

„Ich weiß nicht, wovon du sprichst."

„Du wirst doch nicht abstreiten wollen, daß eure Beziehung über eine normale Frauenfreundschaft weit hinausgegangen ist. Anna hat sogar von Liebe gesprochen."

„Ja, wir haben uns geliebt, aber deshalb sind wir noch lange keine Lesben gewesen, egal wie du darüber denkst."

Ann-Marie hat sich jetzt wieder besser in der Gewalt.

„Würdest du mir dann bitte erklären, warum sie Höllenqualen ausgestanden hat vor lauter Angst, daß es jemand erfahren könnte? Ich habe ihr hoch und heilig versprechen müssen, es niemandem zu erzählen."

Anna hat sich längst nicht mehr um die Meinung anderer gekümmert, denkt Ann-Marie, aber sie will ihn nicht noch mehr reizen.

„Außerdem hat sie befürchtet, daß es für dich nur ein flüchtiges Abenteuer sein könnte, und du bald von ihr genug haben würdest."

Niemals hätte Anna das von mir gedacht, lautet Ann-Marie stummer Kommentar.

Er ist zu weit gegangen. Sie läßt sich nicht länger provozieren, findet es unter ihrer Würde, ihre Liebe Alfred gegenüber zu verteidigen.

Er scheint ihre Gelassenheit zu spüren und beeilt sich, seinen Worten Nachdruck zu verleihen.

„Ja, auch darüber hat sie mit mir gesprochen. Ich habe sie beruhigt, so gut ich konnte, habe versucht ihre Ängste zu zerstreuen. Aber ich fürchte, es ist mir nicht gelungen."

Sicher nicht.

„Du besitzt eine rege Phantasie, Alfred."

Sie bereut diese Bemerkung gleich wieder.

Scheinbar desinteressiert an dem Gespräch, greift sie nach einer Zigarette und bietet auch ihm eine an. Er ist aber nicht gewillt, dieses Thema so schnell wieder fallenzulassen.

Doch jetzt war nicht der geeignete Zeitpunkt für eine langwierige und schmerzhafte Auseinandersetzung. Anna schien nicht sehr belastbar.

Warum soll ich die alten Geschichten wieder aufwärmen, sie damit quälen? Ich bin gekommen, um zu helfen, nicht um Vorwürfe zu machen und alte Rechnungen zu begleichen.

Ann-Marie versuchte ein Lächeln. Unsicher lächelte Anna zurück.

„Prost", sagte Ann-Marie und hob das leere Glas.

„Gibt es denn in diesem Haus nichts Anständiges zu trinken?"

Anna eilte in die Küche und holte die Whiskyflasche und einen Sektkübel mit Eis.

„Laß uns auf New York trinken. – Also, wann gedenken Madame zu kommen?"

Verblüfft stellte Anna ihr Glas auf den Tisch.

„Aber du willst doch gar nicht, daß ich komme."

„Blödsinn. Denkst du im Ernst, daß ich dich nicht bei mir haben will? Du bist eine Idiotin. Nach zwanzig Jahren verwirklicht sich endlich mein Jugendtraum, und du glaubst, ich bin so blöd und laß mir diese Chance entgehen?"

Anna schaute sie noch immer ungläubig an.

„Wartest du darauf, daß ich dich auf Knien bitte, mein kleines Glück mit mir zu teilen? Das täte dir so passen. Aber da hast du dich schön geschnitten, ich heiße ja nicht Alfred. Für mich ist die Sache von Anfang an klar gewesen. Dein Brief hat sich auch nur schwer mißverstehen lassen. Ich freue mich auf dein Kommen, du ahnst gar nicht, wie sehr ich mich freue. Ich habe nur gedacht, ich müßte dir ein bißchen Dampf unterm Hintern machen, sonst würde es noch Jahre dauern, bis du deine lahmen Beine in Bewegung setzt. Auch ich habe mich geändert, Anna. Mir ist bewußt, daß ich damals viel zu viel von dir verlangt habe, vielleicht auch von mir selbst. Heute weiß auch ich ein komfortables Leben zu schätzen. Das heißt nicht, daß ich mich von dir aushalten lassen werde, aber ich habe nichts dagegen, wenn wir das Leben ein bißchen genießen. Dennoch habe ich dir ein wenig Angst einjagen müssen. Du bist manchmal, trotz deiner vierzig Jahre, sehr naiv und leichtgläubig. Wie lange, denkst du wohl, wird dein Geld reichen? Fünf, sechs Jahre, bestenfalls zehn Jahre. Und was willst du dann machen? Ich möchte nicht wieder zu predigen beginnen, aber es werden eine ganze Menge Probleme auf uns zukommen."

Anna war den Tränen nahe, wollte ihrer Freundin jedoch nicht mit ihrer Rührseligkeit auf die Nerven fallen und griff rasch nach einer Zigarette. Auch Ann-Marie fand die Situation eher peinlich.

„Ob du es glaubst oder nicht, wir sind vollkommen aufrichtig zueinander gewesen. Auch ich habe ihr von meiner Beziehung zu Margot erzählt. Du hast sie heute kennengelernt. Sie ist eine unserer tüchtigsten Mitarbeiterinnen. Anna hat anfangs wie eine beleidigte Schönheit reagiert, doch schließlich hat sie eingesehen, daß sie mir zugestehen muß, was sie sich selbst erlaubt. Wir haben sozusagen eine moderne Ehe geführt."

Unterm Tisch ballen sich Ann-Maries Hände zu Fäusten.

„Ich werde übrigens mit Margot Schluß machen. Seit dem furchtbaren Ereignis kann ich ihr nicht mehr in die Augen sehen. Unbewußt gebe ich ihr wahrscheinlich mit Schuld an diesem Unglück. Vielleicht hat Anna diese Affäre doch nicht so leicht verkraftet. Ich mache mir jedenfalls bittere Vorwürfe, weil ich darüber gesprochen habe. So wichtig ist diese Geschichte für mich nun auch wieder nicht gewesen. Verletzte Eitelkeit, verletzter männlicher Stolz, versteh mich jetzt bitte nicht falsch, aber anscheinend hat sich doch der typische Mann in mir geregt. Ich habe versucht, mich zu rächen, indem ich ihr Margot aufgetischt habe."

Ann-Marie zündet sich eine Zigarette an und bläst ihm verächtlich den Rauch ins Gesicht.

„Ich wollte keine Lügen mehr zwischen uns. Sie sollte sich frei entscheiden können. Natürlich habe ich mich bemüht, sie zurückzuhalten, aber in eine zeitweilige Trennung habe ich eingewilligt, in der Annahme, sie würde uns beiden gut tun. Heute weiß ich es besser. Ich hätte sie bitten sollen zu bleiben. Bestimmt hat sie meine verständnisvolle Reaktion als mangelnde Liebe interpretiert."

Ein paar Tränen, ein tiefer Seufzer.

Emotionen aus zweiter Hand. Es ist ihm nicht ernst mit dem, was er sagt.

Sie verspürt nicht das geringste Bedürfnis, ihn zu trösten.

„Wie gesagt, das letzte Wort war zwischen uns noch nicht gesprochen. Als ich sie von Salzburg aus angerufen habe, ist mir plötzlich bewußt geworden, daß ich sie in den letzten Jahren viel zu oft alleingelassen habe. Bestimmt hat sie sich vernachlässigt gefühlt. – Oh Ann-Marie, ich bin so froh, daß du da bist. Es hilft mir unheimlich, mit jemandem reden zu können. Laß uns Freunde bleiben, jetzt, wo Anna nicht mehr bei uns ist. Wir haben beide das Liebste verloren."

Er legt seinen Arm um ihre Hüfte und zieht sie an sich. Ihr ekelt vor seiner Berührung. Er stinkt nach Schweiß und aufdringlichem Rasierwasser. Sie möchte ihn wegstoßen, fühlt sich aber wie gelähmt.

„Du brauchst keine Angst zu haben, eure Liebe wird unser kleines Geheimnis bleiben. Ich werde mit keinem Menschen darüber reden."

„Davor habe ich keine Angst", erwidert Ann-Marie mit fester Stimme und eine Spur zu laut.

Er fragt, ob sie noch einen Drink möchte. Sie nickt, obwohl ihr bereits schlecht ist, aber es ist die einzige Möglichkeit, seiner Umarmung zu entkommen.

Niemals hätte Anna mit ihm über unsere Liebe gesprochen. Aber woher weiß er es dann? – Diese idiotische Angewohnheit, alles aufzuschreiben! Natürlich, die Tagebücher! Er muß sie gelesen haben. Ob er sie vernichtet hat? Sie kompromittieren auch ihn.

Ann-Marie beschließt, ihn später danach zu fragen, im Moment wäre es zu auffällig.

„Ich habe schon wieder Hunger", wechselte sie rasch das Thema.

„Glaubst du, ich bin frustriert? In letzter Zeit könnte ich ununterbrochen essen. Sollen wir in dein Beisel gehen, oder hast du noch was zu Hause?"

Anna machte sich erbötig, Spaghetti zu kochen.

Ihre Pasta asciutta ist ausgezeichnet, eines der wenigen Gerichte, das ihr immer gelungen ist, erinnerte sich Ann-Marie und stimmte erfreut zu.

„Soll ich dir helfen? Ich bin gut im Zwiebelschneiden. Wenn du mir ein Messer und ein Brett bringst, mache ich es hier. Ich möchte noch die letzten Sonnenstrahlen genießen. Ein waschechter Wiener Sonnenuntergang, was gibt es Schöneres?“

Anna betonte, daß sie ihre Hilfe nicht benötigte, und sie stritten eine Weile herum, bis Anna schließlich nachgab und ihr Messer, Brett und Zwiebeln brachte.

Während Ann-Marie die Zwiebel malträtierte, verwandelte Anna den klobigen Holztisch mit einem weißen Tischtuch, Kerzenleuchtern und Silberbesteck in eine festliche Tafel.

Die Pasta asciutta schmeckte, wie erwartet, hervorragend. Da der Tisch für Ann-Marie zu hoch war, nahm sie ihren Teller auf den Schoß und wickelte mit erstaunlicher Geschwindigkeit und ohne einen Löffel zu benützen, die extralangen Nudeln um die Gabel.

„Du kannst das besser als die Italiener“, stellte Anna anerkennend fest.

„Bei unserem Alkoholkonsum braucht man schon eine ordentliche Unterlage.“

Ann-Marie schöpfte sich noch eine zweite Portion Spaghetti auf den Teller.

„So und jetzt kannst du mich rollen. Ich habe viel zuviel und viel zu schnell gegessen. Was ich jetzt am dringendsten brauche, ist eine Zigarette.

Anna hörte sie nicht mehr. Sie war schon wieder in der Küche verschwunden.

„Immer muß sie gleich den Tisch abräumen, richtig zwanghaft, man kann nicht einmal in Ruhe rauchen.“

Ann-Marie nahm einen Zug von Annas Zigarette, die unausgedämpft im Aschenbecher lag, stand dann auf und zog Rock und Bluse an.

Als er sich wieder hinsetzt, rückt sie ein Stück von ihm weg, senkt verschämt die Lider und säuselt mit zuckersüßer Stimme: „Ich bin heilfroh, daß du mir wegen dieser Geschichte nicht böse bist. Aber ich kann den Gedanken, daß unsere Beziehung mit ein Grund für Annas Verzweiflung gewesen sein soll, nicht ertragen. Bitte reden wir nicht mehr darüber. Ich würde jetzt gern die Sachen, die ich mitnehmen darf, zusammenpacken. Du brauchst mir dabei nicht zu helfen. Bleib sitzen und trink in Ruhe deinen Whisky, ich werde schon alles finden. Ich versprech dir auch, daß ich nichts mitgehen lasse."

Ein schwacher Scherz, das weiß sie selbst.

Sie hofft noch immer, daß er sie endlich einmal eine Weile allein läßt. Doch er folgt ihr in Annas Schlafzimmer.

Sie findet ihre Briefe in einer hübschen, altmodischen Schatulle. Anna hat nicht nur ihre wenigen Briefe, sondern auch alle anderen Kleinigkeiten, die sie ihr im Laufe der Jahre geschickt hat, sorgfältig aufbewahrt. Gerührt betrachtet Ann-Marie die alten Jugendfotos. Ganz unten liegen noch Fotos aus ihrer Kindheit: Erstkommunion, Schulschluß, Wandertage.

Sie beugt sich tief über die Bilder und hofft, daß Alfred ihre Tränen nicht bemerkt.

Aber er ist ein aufmerksamer Beobachter und fährt ihr väterlich durchs Haar. Als sich seine Lippen ihrer Wange nähern, stößt sie ihn weg und läuft ins Bad.

Im Spiegel über dem Waschbecken betrachtet sie ihr Gesicht, das um Jahre gealtert scheint. Ihr Augenmake-up hat sich verwischt. Schwarze Tuschreste kleben auf ihren feuchten Wangen. Annas Kosmetika liegen verstreut auf der kleinen Kommode neben dem Waschbecken. Sie greift nach einem Papiertaschentuch und muß gleich noch mehr heulen.

Alfred klopft an die Badezimmertür und fragt, ob er ihr helfen kann.

Ann-Marie schluchzt heftig, gibt ihm aber keine Antwort. Dann dreht sie den Wasserhahn auf und hält ihr fleckiges Gesicht unter den heftigen Strahl. Das eiskalte Wasser verschafft ihr zwar keinen klaren Kopf, aber nach ein paar Minuten fühlt sie sich wieder imstande, Alfred gegenüberzutreten.

Relativ gefaßt verläßt sie das Bad und entschuldigt sich für ihr hysterisches Verhalten.

„Da gibt es nichts zu entschuldigen. Du brauchst dich deiner Tränen vor mir nicht zu schämen."

Sie bittet ihn, ein paar von den alten Fotos mitnehmen zu dürfen.

Er protestiert nicht, als sie auch neuere Fotos von Anna einsteckt.

„Ich kann sie mir jederzeit nachmachen lassen, ich besitze ja noch die Negative", beantwortet er ihren fragenden Blick.

Während sie weiter in Annas Sachen herumkramt, spaziert er im Zimmer auf und ab. Als er gerade einmal nicht herschaut, läßt sie auch ein paar Schmuckstücke, die Annas Mutter gehört hatten, mitgehen.

Besser ich trage das Zeug als diese Margot.

Plötzlich spürt sie seine Hand auf ihrer Schulter. Sie fühlt sich ertappt und errötet. Betont langsam dreht sie sich um und blickt ihm unverschämt in die Augen.

„Ich fürchte, ich muß jetzt doch noch in den Keller und die Heizung einschalten. Ist dir nicht auch kalt?"

Erleichtert schüttelt sie den Kopf.

Anna brachte zwei Wolldecken mit. Sobald die Sonne weg war, wurde es frisch. Auch sie fühlte sich jetzt halbwegs wohl auf der Terrasse. Mit Ann-Marie an ihrer Seite schwanden ihre Ängste überraschend schnell.

Die Dämmerung senkte sich über die Stadt. Das Licht der Straßenbeleuchtung vermischte sich mit der untergehenden Sonne und tauchte die Dächer der Nachbarhäuser in einen geheimnisvollen, orangeroten Glanz.

Das Kerzenlicht flackerte, obwohl es durch ein Glas vor dem Wind geschützt war. Auf der weißen Tischdecke entstanden skurrile Schattenbilder.

Eingewickelt in ihre Decken sahen die beiden Freundinnen aus wie zwei dicke, alte Squaws vor einem Lagerfeuer.

„Gleich nach meiner Rückkehr werde ich mit der Wohnungssuche beginnen. Allerdings möchte ich gern in der Lower East Side bleiben, nicht nur aus finanziellen Gründen, sondern weil ich dieses Viertel einfach mag. Bist du einverstanden?“

„Mir ist alles recht. Außerdem kenne ich mich in New York sowieso nicht aus.“

„Und du denkst, es in zwei Monaten schaffen zu können? Die Scheidung, den Verkauf des Büros?“

Anna nickte.

„Es wird keine Probleme geben. Wahrscheinlich wird Paul die Angestellten behalten, vielleicht übernimmt er sogar Alfred, und wenn nicht, so ist das seine Sache. Den ganzen geschäftlichen Kram werde ich meinem Anwalt übergeben. Auch die Scheidung soll er erledigen. Schließlich wird er gut dafür bezahlt. Ich brauche mich also um nichts selbst zu kümmern, hoffe ich zumindest. Vielleicht muß ich noch einmal herüberkommen, aber das ist auch kein Problem. Ich habe mir alles genau überlegt. Länger als zwei Monate brauche ich sicher nicht, um meine Angelegenheiten in Ordnung zu bringen.“

Sie grinste von einem Ohr zum anderen.

„Was findest du denn so komisch?"

„Ich habe gerade an das dumme Gesicht gedacht, das Alfred machen wird, wenn er es erfährt. Darauf freue ich mich am meisten."

„Er wird durchdrehen, wenn sein goldenes Vögelchen ausfliegt. Hoffentlich wird er nicht ausfallend oder gar handgreiflich werden. Am besten, du sagst es ihm in Gegenwart von anderen Leuten."

„Ich fürchte mich nicht vor ihm."

„Ich weiß, aber ich finde es klüger, wenn du ihm nichts von deinen Plänen erzählst, und einfach abhaust. Er ist ohnehin viel unterwegs, und eines Tages wird eben das liebe Eheweib bei seiner Rückkehr nicht mehr da sein. Das ist nicht dein Stil, oder? Mach es, wie du es für richtig hältst, aber mach es gut."

„Ich werd das schon hinkriegen."

„Sollen wir uns gleich einen fixen Termin ausmachen? Sagen wir heute in zwei Monaten? Du brauchst dann nur anzurufen, wenn dir etwas dazwischenkommt. Sonst stehe ich am 15. August, pünktlich um vierzehn Uhr, am John F. Kennedy und sehe mir die Landung deiner Maschine an."

„Maria Himmelfahrt, gut, abgemacht."

Anna lachte und umarmte ihre Freundin. Die Liegestühle krachten, und Ann-Maries Decke rutschte zu Boden.

„Mir ist nicht kalt, aber heiz ruhig ein, wenn du willst."

Er macht jedoch keine Anstalten, in den Keller zu gehen.

Ann-Marie sucht weiter, sogar im Wäscheschrank sieht sie nach. Keine Spur von den kleinen, schwarzen Büchern.

Sie sieht ziemlich verzweifelt aus. Kurzsichtige haben oft diesen verzweifelten Blick, wenn sie etwas, das ihrer Meinung nach da sein müßte, nicht finden können.

Sie hofft, ihre Stimme würde ganz normal klingen, als sie fragt: „Hast du eine Ahnung, wo Anna ihre Tagebücher aufbewahrt hat? Ich hätte gern die alten, in denen sie unsere wilden Jahre beschrieben hat."

Bildet sie sich nur ein, daß er sie mißtrauisch ansieht?

„Ich habe mich schon gewundert, was du im Wäscheschrank suchst. Ich weiß nicht, wo sie sind, glaube aber, daß sie damals, als wir die Wohnung renoviert haben, alle weggeschmissen hat. Seit sie auf der Couch lag, hat sie nicht mehr das Bedürfnis gehabt, jede Kleinigkeit schriftlich festzuhalten."

Er lügt schon wieder. Aber dieses Mal werde ich ihn nicht so leicht davonkommen lassen.

„Da irrst du dich aber, Alfred, sie hat mir erzählt, daß sie gerade über ihre Analyse genauestens Tagebuch geführt hat."

„Davon weiß ich nichts, doch wir können ja gemeinsam suchen."

Jetzt ist Ann-Marie überzeugt, daß jegliches Suchen vergebliche Liebesmühe wäre. Hätte er die Tagebücher in der Wohnung versteckt, würde er sie nicht bereitwillig alles durchwühlen lassen.

„Es ist nicht so wichtig, ich hätte sie nur gern gelesen. Aber wenn du sagst, daß sie nicht mehr existieren, dann kann man eben nichts machen."

„Vielleicht irre ich mich auch. Sollten sie mir eines Tages unterkommen, werde ich sie dir schicken, okay?"

Es ist nicht viel, was ihr von Anna geblieben ist. Alfred scheint ihr die Enttäuschung anzumerken und schlägt großzügig vor: „Willst du nicht auch ein paar von ihren Kleidern mitnehmen? Ich kann sowieso nichts damit anfangen, und auf die Dauer wird es mich doch zu sehr schmerzen, ihre Sachen neben meinen im Schrank hängen zu sehen."

Dieses Aas!

Sie bedankt sich aber höflich und nimmt wahllos Blusen, Pullover und Röcke aus dem Kasten, ohne darauf zu achten, ob sie ihr überhaupt passen.

Alfred hilft ihr beim Packen. Er gibt ihr einen alten Koffer, weil er nicht will, daß sie mit Plastiksäcken herumläuft.

„Ich möchte nicht, daß du wie ein Jugo daherkommst."

Sie bleibt freundlich, obwohl ihr eher danach ist, ihm ins Gesicht zu spucken.

Jetzt nur ja keinen Fehler machen.

Sie weiß plötzlich, wovor sie Angst hat.

„Ich bin an sich kein ängstlicher Typ, aber wenn es dunkel wird, finde ich es hier oben ziemlich unheimlich", sagte Anna.

„Wieso unheimlich? Ich finde es sehr romantisch."

Ann-Marie döste vor sich hin. Sie würde es wohl nicht schaffen, bis zum Morgengrauen wach zu bleiben.

Eine Weile saßen sie schweigend nebeneinander und betrachteten den klaren Sternenhimmel.

Anna stand als erste auf und schlug vor, Ann-Marie sollte sich drinnen auf die Couch legen oder besser gleich ins Bett. Es war alles gesagt, sie könnte ruhig ein paar Stunden schlafen und morgen gäbe es dann frische Semmeln zum Frühstück.

Ann-Marie protestierte, behauptete, sie wäre überhaupt nicht müde.

„Ich raste mir nur die Augen aus."

Dann folgte sie aber doch ihrer Freundin ins Wohnzimmer und machte es sich auf der Couch bequem.

„Hast du noch einen Wunsch?"

„Gegen ein bißchen Musik hätte ich jetzt nichts einzuwenden. Hast du noch die alten Platten? Janis Joplin oder Patty Smith würde ich gern wieder einmal hören. – Komm, setz dich zu mir und laß uns noch ein wenig plaudern. Bestimmt hast du das Wichtigste zu erzählen vergessen. Zum Beispiel hast du mir kaum von deinen Affären erzählt. Ich wette, du hattest jede Menge."

Anna lachte und verneinte.

„Du weißt, ich bin treu, ich frag mich bloß wem."

Sie legte ‚Easter' von Patty Smith auf, setzte sich zu Ann-Marie auf die Couch und wartete auf ihre Lieblingsnummer: ‚Because the night.'

„Komm schon, zier dich nicht so, erzähl endlich. Hat es denn in den letzten Jahren gar keinen Mann gegeben, für den du dich echt begeistern konntest?"

„Ich habe dir alle Affären gebeichtet. Und mit einem aktuellen Flirt kann ich leider nicht dienen."

Ann-Marie schüttelte mißbilligend den Kopf.

„Ich fürchte, du wirst es nie lernen."

Sie rutschte unruhig auf der Couch hin und her, bemüht, ihrer Freundin nicht zu nahe zu kommen. Offensichtlich hatte sie mehr Scheu vor körperlicher Nähe als Anna, die einfach ihren Kopf nahm und ihn in ihren Schoß bettete. Ann-Marie gelang es trotzdem nicht, sich zu entspannen. Steif und verkrampft lag sie da, ängstlich bestrebt, Annas Blicken auszuweichen.

Ihre Hände zittern, sie bekommt den Koffer nicht gleich zu. Alfred beugt sich über sie. Als sie seinen Atem im Nacken spürt, stöhnt sie leise auf.

Wien – Salzburg, keine drei Stunden mit einem schnellen Wagen, noch dazu in der Nacht. Nachher ist er gleich wieder zurückgefahren und noch ins Casino gegangen. Kein Mensch wird sich daran erinnern, wann er kam. Casinos sind anonyme Orte. Um sieben Uhr früh hat man Anna gefunden. Vor acht hat man ihn sicher nicht verständigt. Ach ja, als der Anruf gekommen ist, lag er angeblich noch im Bett. Kein Wunder nach dieser anstrengenden Nacht. Seine Geschichte stinkt zum Himmel! Und wann soll diese große Aussprache zwischen ihm und Anna stattgefunden haben? Als ich vor einer Woche mit Anna telefoniert habe, war Alfred schon in Salzburg und von einem Gespräch mit ihm ist nicht die Rede gewesen. Sie hätte mir bestimmt davon erzählt. – Nur mehr drei Tage, drei endlos lange Tage bis zu unserem Wiedersehen. – Nicht daran denken, nicht jetzt! Und was hätte er gemacht, wenn man ihre Leiche früher gefunden hätte? Er hat mindestens zweimal tanken müssen. Ob sich die Tankwarte noch an ihn erinnern würden? Völlig sinnlos, alle Tankstellen entlang der Westautobahn abzuklappern. Außerdem hat er die Antwort vorhin selbst gegeben. Die Chance, daß Anna früher gefunden worden wäre, ist sehr gering gewesen. Denn wer geht schon mitten in der Nacht in diesen verwahrlosten Hinterhof? Die Nachbarn sind vor ihren Fernsehapparaten gesessen, als ihr Körper unten aufschlug. Bei all der Knallerei im TV hört man so einen dumpfen Laut bestimmt nicht. Selbst ein Schrei würde von diesem Krach geschluckt werden. Er ist kein großes Risiko eingegangen. Aber würde man es ihm je nachweisen können? Nur wenn ihn jemand gesehen hätte. Aber es hat ihn anscheinend niemand gesehen. Und die Polizei? Wahrscheinlich haben sie ihn nicht einmal in Verdacht gehabt.

Ann-Marie besitzt kein großes Vertrauen in die Fähigkeiten der Polizei.

Die sind heilfroh, diesen Fall so rasch abgeschlossen zu haben. Ein sauberer Selbstmord. Motive hat es, laut Aussage des Ehemannes, mehr als genug gegeben. Selbst mit einer Anzeige hätte ich keine Chance. Er würde bestimmt mangels an Beweisen freigesprochen werden. Und ich habe keine Beweise, sondern nur ein Gefühl, und Gefühle zählen nicht vor Gericht. Ich werde mich wohl oder übel damit abfinden müssen, daß Alfred, dank des nicht gerade unbeträchtlichen Erbes, sein Leben in vollen Zügen genießen wird. Ob diese Margot Bescheid weiß? Sicherlich ahnt sie etwas. Also hat sie ihn in der Hand, auf immer und ewig. Immerhin eine Strafe, aber eine viel zu geringe.

Ann-Marie wird grausam bewußt, daß sie daran nichts ändern kann. Ihre Kopfschmerzen sind wieder stärker geworden.

Alkohol ist doch kein Allheilmittel.

Das Zittern hat nachgelassen, aber ihre Beine fühlen sich jetzt an wie Blei. Sie fürchtet, jeden Moment in Ohnmacht zu fallen.

Anna lehnte sich zurück und lächelte über die Anstrengungen ihrer Freundin, wach zu bleiben. Ann-Marie erinnerte sie an ein Kind, das zu Silvester um jeden Preis bis Mitternacht aufbleiben will, um nur ja nicht den geheimnisvollen Schluck Sekt und das Läuten der dicken Pummerin zu versäumen.

Um nicht einzuschlafen, sprach Ann-Marie unentwegt. Ihre Stimme wurde immer leiser und schleppender, ihre Sätze unzusammenhängender und unverständlicher. Aber sie fuhr fort zu erzählen wie die Prinzessin in Tausendundeiner Nacht. Sie sprach von ihrer Wohnung, von Jeff, vom Straßenfest im letzten Jahr und von einer Liebesaffäre, die sie nicht gerade glorreich beendet hatte.

„Wenn du älter wirst, lebst du dann nur mehr von deinen Erinnerungen, oder weigerst du dich einfach, alt zu werden? Anna, auch ich habe Angst vor dem Alter, ich bin nicht mehr so in Form wie früher“, sagte sie plötzlich laut und deutlich.

„Ich bin mein Leben lang von einer Umarmung in die andere geflüchtet, ohne daß mir Umarmungen tatsächlich viel bedeutet haben. Aber ich habe immer das Gefühl gehabt, daß ich mir nichts entgehen lassen dürfte. Ich habe gedacht, wenn ich alles ausleben könnte, was mir Freude macht, würde ich das Alter leichter ertragen und nicht so sehr bedauern, daß die Zeit um ist. Ich fürchte, das war ein großer Irrtum. Es funktioniert genau umgekehrt. Wenn man so schnell und intensiv gelebt hat wie ich, wird es wahrscheinlich noch viel schwieriger sein, sich damit abzufinden, daß nichts mehr geht.“

Anna, die gerade noch über die letzte, etwas verworrene Liebesgeschichte ihrer Freundin gelacht hatte, wurde ernst und strich ihr tröstend übers Haar. Wie geistesabwesend berührte sie Ann-Maries Mund, tastete leise über die weiche Haut ihrer Wangen, zart, kaum spürbar und streichelte ihren faltigen Hals.

Ann-Marie legte ihre Hände auf Annas Schultern und klammerte sich an sie, hielt sie fest.

Unwillkürlich mußte sie an ihre ersten Liebeserlebnisse denken. Auch die jungen Männer damals waren scheu und unbeholfen gewesen, hatten aber rasch dazugelernt.

Annas Lippen streiften ihre Stirn, spielten mit ihrem Haar und suchten ihren Mund. Ann-Marie wagte nicht, sich zu rühren, aus Angst, ihre Freundin könnte plötzlich aus diesem tranceähnlichen Zustand erwachen und ihre Zärtlichkeiten abrupt beenden. In

Gedanken befahl sie sich, endlich abzuschalten und zu genießen.

Ich kann es mir nicht erlauben, mich ausgerechnet jetzt gehenzulassen. Kein Mensch weiß, daß ich hier bin. Wie habe ich mich nur freiwillig in seine Hände begeben können?

Ann-Marie verflucht ihren Leichtsinn. Angstschweiß bedeckt ihre Stirn, und ihre Handflächen werden feucht. Noch nie in ihrem Leben hat sie sich einem Mann so ausgeliefert gefühlt.

Ich muß aufpassen, darf ihn nicht zu sehr provozieren, er spürt ohnehin schon den ganzen Abend lang mein Mißtrauen. Wenn ich so weitermache, wird er bestimmt nicht davor zurückschrecken, mit mir genauso zu verfahren wie mit Anna.

Im Geiste sieht sie schon die Schlagzeile der kleinformatigen Zeitung von morgen abend: „Lesbe folgt heißgeliebter Freundin in den Freitod."

Jeder der Trauergäste wird bestätigen, daß ich völlig fertig mit den Nerven war. Selbst der sympathische Joe Steiner wird in diesem Sinne aussagen. Nur der kleine Maricek wird vielleicht die Wahrheit ahnen. Aber ihm würde sowieso keiner glauben, Da ihm das bewußt ist, würde selbst er den Mund halten. Und diese Margot wäre sicherlich bereit, Alfred ein hieb- und stichfestes Alibi zu verschaffen.

Sie wagt keine Frage mehr zu stellen, fürchtet, ihre Stimme könnte sie verraten. Mit zusammengepreßten Knien sitzt sie aufrecht auf der Couch und beobachtet ihn scharf aus den Augenwinkeln. Ihre Finger spielen nervös mit dem Glas. Aber die Gedanken an Anna lassen sich nicht vertreiben.

Wie oft hatte sie des Nachts und auch am Tag von Annas Händen geträumt, sich ausgemalt, wie sie zärtlich ihren Körper streichelten und fremde, aber doch vertraute Lust spendeten. Sie selbst hätte nie den ersten Schritt gewagt, nicht einmal in ihren Träumen. Außer rein freundschaftlichen Küssen zur Begrüßung und zum Abschied hatte es keine Zärtlichkeiten gegeben. Manchmal hatten sie aus Spaß, um andere Leute zum Narren zu halten, ein lesbisches Pärchen gespielt, aber wenn sie allein waren, wahrten sie immer Distanz. Auch als sie zusammen ein Zimmer teilten und, wenn Gäste über Nacht blieben, sogar ein Bett, wäre es Ann-Marie nie eingefallen, die Freundin zu berühren. Gewöhnt an die Nacktheit der anderen, die der eigenen so ähnlich war, tauschten sie nicht einmal begehrliche Blicke aus.

Ihre Erinnerung ließ sie im Stich, denn einmal, ein einziges Mal, waren sie doch sehr zärtlich zueinander gewesen. Aber das war lange her, mindestens schon zwanzig Jahre.

Sie hatten gerade zu studieren begonnen und kamen sich in der kalten und düsteren Akademie ziemlich verloren und deplaziert vor. Die meisten ihrer Kollegen fühlten sich bereits als große Künstler und benahmen sich so, wie sich ihrer Meinung nach Künstler zu benehmen hatten. Auf irgendeinem Akademiefest, einem mehr oder minder ausgeflippten Kostümfest, ließen sich die beiden Freundinnen, einsam und unbeachtet von den anderen, in einer dunklen Ecke mit billigem Wein vollaufen. Als ihnen schlecht wurde, wankten sie nach Hause. Anna kam weinend ins Bett ihrer Freundin gekrochen. Ann-Marie, der auch eher nach Heulen zumute war, schluckte ihre Tränen tapfer hinunter und versuchte, die unglückliche Anna zu trösten. Ihre Küsse waren verlangend und ihre Umarmungen nicht mehr ganz unschuldig. Schließlich schliefen sie ein, fest umschlungen wie zwei Kinder, die sich fürchten.

Die Angst, diese furchtbare Angst, bekommt man nicht erst in der Sekunde, in der man den Halt verliert und zu fallen beginnt.

Vor Ann-Maries Augen laufen die Ereignisse von Sonntagnacht wie in Zeitlupe ab:

Seine überraschende Rückkehr gleich nach dem Telefonat, das ihn mißtrauisch gemacht hat. Anna ist leichtsinnig gewesen und hat ihm, in der Annahme, daß er durch seine Geschäfte in Salzburg festgehalten wird, von ihrer geplanten Abreise erzählt. Er ist sofort nach Wien gerast, vielleicht nicht mit der Absicht, sie umzubringen, wohl eher um zu versuchen, sie umzustimmen. Und dann der Streit. Die zornige, höhnische Anna, leicht betrunken, sich nicht beherrschend, sondern ihm alles, was er ihr angetan hat, an den Kopf werfend. Unklug und unüberlegt, sich der schrecklichen Gefahr, in der sie schwebte, nicht bewußt. Lachend hat sie ihm die Scheidung angekündigt. Ann-Marie sieht ihre vor Wut funkelnden Augen. Schön muß sie gewesen sein, wahnsinnig schön. Mit hoch erhobenem Haupt und arrogantem Gesichtsausdruck, in ihrer Stimme nichts als pure Verachtung. Sie wird ihn verspottet haben, ihm gedroht haben, daß ihm nach der Scheidung kein Groschen bleiben würde. Stolze, dumme Anna, wie hat sie ihren Ehemann nur so unterschätzen können.

Für Ann-Marie bleibt es nach wie vor ein Rätsel, wie Alfred es geschafft hat, Anna hinaus auf die verhaßte Terrasse zu locken.

Wie es sich genau abgespielt hat, werde ich wohl nie erfahren. Aber spielt das überhaupt noch eine Rolle? Wahrscheinlich hat er sie drinnen niedergeschlagen und dann ihren bewußtlosen Körper hinaus auf die Terrasse geschleppt und übers Geländer geworfen. Er ist ein kräftiger Mann.

Das nackte Grauen packt sie bei dieser Vorstellung. Es nützt nichts, daß sie sich immer wieder vorsagt, daß sich alles nur in ihrer Phantasie so abgespielt hat. Sie ist nicht mehr in der Lage, zwischen Phantasie und Realität zu unterscheiden.

Angespannt, ja beinahe lauernd, beobachtete ich sie. Es war als ob ihre Berührungen gar nicht mir gelten würden. Ich fand sie an jenem Abend noch viel schöner als in ihrer Jugend. Ich mochte ihr glattes frisches Gesicht weniger als diese vom Alter gezeichneten Züge. Ihre Augen wirkten größer, ihr Blick war wissender und ihr Mund trauriger. Ich liebte ihre Traurigkeit als wäre sie meine eigene und bedeckte ihr Gesicht mit zarten Küssen. Sie hielt mich umfangen und flüsterte mir Koseworte ins Ohr. Ich löste den festen Knoten in ihrem Nacken und vergrub mein Gesicht in ihrem wunderschönen, graublonden Haar, das ihr fast bis zur Taille reichte. Langsam und ungeschickt begann ich sie auszuziehen. Sie versuchte mir zu helfen, doch unsere Hände waren einander im Weg. Sie ließ mich gewähren.

Ihre Haut war von wundervoller Zartheit, ihr Körper kräftig und muskulös. Ich atmete den Duft ihrer Haut, ein Gemisch aus Schweiß, Sonnenöl und Parfüm, unter dem sich der unverwechselbare, weiche und warme Geruch blonder Frauen verbarg. Ich war süchtig nach diesem Geruch.

Sie beugte sich über mich, brachte ihr Gesicht ganz nahe an meines und sagte leise, daß sie mich liebe, schon immer geliebt hätte, sagte es immer wieder.

Tränen der Verzweiflung, der Wut. Sie will nicht weinen, nicht jetzt vor ihm. Seine mitfühlenden Worte bringen sie noch mehr in Rage.

„Zeig mir die Stelle, wo es passiert ist“, verlangt sie mit gepreßter Stimme, nur um dieses Zimmer, in dem sie vor zwei Monaten so glückliche Stunden verbracht hat, verlassen zu können.

Sie gehen hinaus auf die Terrasse. Eine sternenklare Nacht, es hat zu regnen aufgehört.

Morgen wird es schön sein, ideales Flugwetter.

Alfred führt sie zu der Stelle, von der sich Anna, laut Aussage der Polizei, hinuntergestürzt hat.

„Und wo ist sie gelegen?“

Sie beugt sich weit über das niedrige Geländer und starrt in ein finsteres Loch. Aber ihre Augen gewöhnen sich rasch an die Dunkelheit.

Vage deutet er mit der Hand in Richtung Müllcontainer.

Ann-Marie kann nicht aufhören zu weinen. Sie hat zuviel getrunken, ihr ist schlecht und sie fürchtet, sich noch einmal übergeben zu müssen.

„Wo genau?“ schreit sie.

Vor ihren Augen droht plötzlich alles zu verschwimmen.

Blauer Dunst nebelte uns ein. Wir rauchten die Zigarette zusammen.

Sie sprach zärtlich, nahe an meinem Mund, sprach von der Liebe, von dieser Nacht, die nie enden sollte, und von dem Morgen, das in zwei Monaten beginnen würde.

Auch ich sprach ganz leise zu ihr. Sie schaute tief in meine Augen, wenn ich redete, als würde sie meine Worte in ihnen lesen können. Ihre Küsse brachten mich zum Weinen. Sie sagte, daß sie nie aufhören würde, mich zu lieben, daß sie mich lieben würde bis zu ihrem Tod.

Angst und Schrecken vermischen sich mit ungläubigem Staunen. Ein kräftiger Stoß, ein kaum hörbarer Schrei. Ein Körper stürzt in die Tiefe und schlägt Sekunden später auf dem Kopfsteinpflaster des Hinterhofs auf.

Bis in den Tod vereint.

Abflughalle des Flughafens Wien-Schwechat. Letzter Aufruf für den TWA-Flug 875 nach New York mit Zwischenlandung in Frankfurt.

„Die Passagiere werden gebeten, sich zum Ausgang B 32 zu begeben."

Ann-Marie hat die Paßkontrolle längst hinter sich. Sie wartet schon seit den frühen Morgenstunden am Flugsteig B 32.

Bernhard Aichner
Die Schöne und der Tod
Krimi
HAYMONtaschenbuch 27
253 Seiten, € 9.95/SFr 17.50
ISBN 978-3-85218-827-0

Bernhard Aichners Krimi-Debüt – eine abgründige, schräge und spannende Story rund um einen Totengräber, einen Fußballstar im Ruhestand und die verschwundene Leiche eines Models.

„Was wie eine Dorfgroteske beginnt, entwickelt sich bald zu einer packenden Abrechnung mit der Scheinwelt der Fotomodelle, TV-Dodelsendungen und dunklen Seiten des Hochglanzlebens."
Die Presse, Erich Demmer

Kurt Lanthaler
Der Tote im Fels
Ein Tschonnie-Tschenett-Roman
HAYMONtaschenbuch 83
296 Seiten, € 9.95/SFr 14.90
ISBN 978-3-85218-883-6

Tschonnie Tschenetts erster Fall: Bei Bauarbeiten für einen Eisenbahntunnel am Brenner wird aus dem Felsen eine Leiche freigesprengt. Wie ist sie dorthin gekommen? Die einzigen Hinweise liegen im Aktenkoffer des Toten. Und den hat Tschonnie Tschenett, Aushilfs-LKW-Fahrer mit dem Hang, seine Nase in allerlei obskure Dinge zu stecken. Schon bald bekommt er es mit üblen Gesellen zu tun. Und entdeckt, dass große Bauvorhaben lange Schatten vorauswerfen.

„Nichts gegen Wallander oder Brunetti. Aber im Vergleich zu Kurt Lanthalers Serienheld Tschonnie Tschenett wirken die beiden wie furztrockene Beamtenseelen."
ALLEGRA

www.haymonverlag.at

Herbert Dutzler
Letzter Kirtag
Ein Altaussee-Krimi
HAYMONtaschenbuch 70
264 Seiten, € 9.95/SFr 15.90
ISBN 978-3-85218-870-6

So etwas hatte selbst Gasperlmaier noch nie gesehen. Dabei hat er schon viel gesehen, der Gasperlmaier, schließlich ist er seit mehr als zwanzig Jahren Polizist in Altaussee. Aber ein Erstochener am Montag in der Früh im Festzelt vom Altausseer Kirtag, das ist auch für ein gestandenes Mannsbild wie ihn zu viel. Und so trifft er eine falsche Entscheidung – nicht die letzte an diesem Tag, und auch der Tote im Festzelt wird nicht das einzige Opfer bleiben.

„... spitzzüngig, urig und amüsant. Dutzler und sein Gasperlmaier, das nenn ich eine vielversprechende Paarung."
Thomas Raab

Christoph Wagner
Muj und der Herzerlfresser von Kindberg
Ein Südbahn-Krimi
HAYMONtaschenbuch 26
192 Seiten, € 9.95/Sfr 17.90
ISBN 978-3-85218-826-3

Ein Mordfall in Kindberg, der idyllischen Kleinstadt an der Südbahn-Strecke, das wäre an und für sich schon ungewöhnlich genug – aber wenn dann noch der Brustkorb der Leiche fein säuberlich geöffnet und das Herz verschollen ist, dann wird auch der sonst stets gelassene Bezirksinspektor Muj hellhörig: Hat etwa der lokale Satanisten-Zirkel seine Finger im Spiel? Oder ist gar ein Nachahmungstäter des berüchtigten „Herzerlfressers von Kindberg" aus der Barockzeit am tödlichen Werk?

„Spannend, liebevoll ..."
NEWS

www.haymonverlag.at